2

Riccardo Pietrani

Oltre il Varco

(Progetto Abduction file 4)

Titolo: Oltre il Varco (Progetto Abduction file 4)
Autore: Riccardo Pietrani
Copertina: Mala Spina

ATTENZIONE: Questa NON è un'opera indipendente, bensì l'ultima parte di una saga. Per una corretta comprensione della storia si consiglia di leggere i volumi precedenti:
- Missing Time
- La Caccia
- L'Artefatto di San Michele

Quella che segue è un'opera di fantasia. Ogni riferimento a fatti o persone realmente esistenti è puramente casuale...

Forse.

"Fin dall'antichità l'umanità si è posta la domanda sull'esistenza di altre vite: sin dai tempi di Epicuro, di Plutarco, di Lucrezio Caro. Oggi possiamo dire perlomeno che esistono pianeti extrasolari: la loro esistenza è una condizione necessaria – anche se non sufficiente – per l'esistenza di altre forme di vita."

Margherita Hack

"Personalmente, non penso che vi sia vita intelligente sugli altri pianeti. Perché gli altri pianeti dovrebbero essere diversi da questo?"

Bob Monkhouse

6

Indice

1

  1.1

  1.2

  1.3

  1.4

2

  2.1

  2.2

3

  3.1

  3.2

  3.3

4

  4.1

  4.2

  4.3

5

  5.1

1

L'incontro

1.1

«È un caffè?»

Marzia fu colta alla sprovvista. Robert le si era avvicinato alle spalle, silenziosamente come al solito, mentre era seduta a un tavolino nella sala usata come refettorio. Lei aveva acceso solo una fila di neon, quindi la stanza era rimasta in penombra.

«Sì... tanto non riesco a dormire, e non ho voglia di prendere sonniferi.»

«Beh, nemmeno io» confessò l'ex Cacciatore, sedendosi davanti a lei e appoggiando gli avambracci sul tavolo «è normale. Ma avrei comunque optato per una camomilla. Tra parentesi, non ti ho ancora detto quanto ti stanno bene quei capelli, *soldato Jane.*»

La lunga chioma castana di Marzia era stata già in precedenza falciata via a colpi di forbici e macchinetta: ora aveva ricevuto un taglio ulteriore, lasciando il posto a un caschetto molto corto e piuttosto grezzo. Se li era rasati il giorno prima, una sorta di rito di preparazione alla missione. E anche perché in quei mesi non era certo potuta andare a farsi una messa in piega decente.

«Pensa alla tua di pettinatura, piuttosto... gli anni ottanta sono passati da un pezzo!» replicò in tono scherzoso la ragazza, riferendosi al ciuffo generoso cresciuto sulla fronte dell'uomo che ricordava il look delle boy band di quegli anni.

«Guarda che non ti sto prendendo in giro...»

La sua espressione si era fatta d'un tratto seria. Marzia sorseggiò il caffè, poi posò la tazza sul tavolo e cercò di

deviare la conversazione verso un altro argomento. «Il piano...
tu come lo vedi?»

«Harvey Specter è scaltro e affidabile. L'idea di ritardare di
tre ore l'arrivo del velivolo per gli approvvigionamenti proprio
prima della partenza, quando c'è già in vigore il protocollo di
non comunicabilità, è geniale. Dovremo solo atterrare
nell'orario stabilito e tutti crederanno che il nostro sia il cargo
ufficiale. I giochi inizieranno quando i cingolati verranno a
prelevarci. Harvey, per quel momento, avrà assunto il controllo
della sala comunicazioni e ci farà entrare.»

La ragazza tamburellò le dita della mano sinistra sulla tazza.
Conosceva a memoria le fasi della missione, ma si trattava pur
sempre di qualcosa di completamente alieno per lei. In senso
figurato... e letterale. «Riponete tutti molta fiducia in lui... ma
non possiamo sapere se sia filato tutto liscio nella preparazione.
E se fosse stato scoperto? O qualcosa non fosse andato come
previsto? Mi hai detto che l'unico modo per contattarlo era
quando si trovava in missione esterna, da dentro la base è
impossibile.»

Robert fissò un punto del tavolo scheggiato. «È un rischio
che ci dobbiamo assumere.»

Marzia aggrottò le sopracciglia. Una risposta un po' infelice.
«Questo non mi tranquillizza di sicuro.»

«Pensi che io sia tranquillo?» replicò sorridendo l'ex
Cacciatore «Non lo sono affatto. Tu non sei mai stata sul
campo, indubbiamente c'è la tensione da *prima volta*, ma per
me tornare nell'Installazione Alpha è un tuffo al cuore. Quel
posto è il simbolo di un passato che vorrei dimenticare, di tutti
gli errori che ho commesso in nome di... di cosa? Di un ideale,
della carriera, dell'illusione di salvare il mondo? O solo della
mia stupidità?»

Iniziò a grattare con l'unghia dell'indice quel punto del
tavolo. Marzia, pur non conoscendo con precisione tutte le

sfumature del suo precedente incarico, ne percepiva il profondo rimorso. Aveva delle morti sulla coscienza, ma nonostante questo non lo giudicava. In fondo, anche se con ruoli diversi e con un nemico che travalicava i limiti della comprensione, era un semplice soldato.

«Avevi degli ordini, li hai eseguiti.»

Robert sospirò. «Machiavelli diceva: *la guerra è un impiego col quale il soldato, se vuole ricavare qualche profitto, è obbligato ad essere falso, avido e crudele.*»

«E tu non sei nessuna delle tre cose, per quanto ti conosco io» ribatté la sua interlocutrice «tant'è che sei fuggito, pur essendo consapevole del pericolo a cui ti saresti esposto.»

«Lo pensi davvero?»

«Ma certo, Robert!» e, così dicendo, sfiorò con la mano quella di lui. L'ex Cacciatore smise di torturare nervosamente il tavolo e la fissò. Strinse le sue dita e la trafisse con lo sguardo, cercando per un istante quel luccichio che da qualche tempo aspettava con ansia.

La magia però si interruppe subito, quando Marzia distolse gli occhi e ritrasse la mano. Sapeva di non essergli indifferente, ma i suoi pensieri erano tutti per Enrico. Per lui era andata in India, per lui aveva iniziato quella parte quasi surreale della sua vita, trasformandosi da impiegata a combattente nel giro di pochi mesi. E nessuno l'avrebbe distratta dal suo cammino.

«Scusami...» sussurrò Robert. Dopo qualche secondo di imbarazzante silenzio, si alzò in piedi e si diresse verso il fornello, prendendo un pentolino da un pensile. «Credo che a me serva un po' di camomilla.»

Marzia sorrise. Aveva di fronte una brava persona, nonostante il suo passato. Un animo fragile rinchiuso nella corazza di un guerriero.

«Sai... invidio Enrico.» esordì a freddo Robert mentre metteva il filtro nella tazza «Nessuna donna si sarebbe mai cacciata in una situazione del genere per me, nemmeno messa alle strette. Come hai fatto a capire che era l'uomo della tua vita?»

Lei rimase in silenzio per qualche secondo, spiazzata. Non si aspettava quella domanda. Non in quella maniera, non in quella circostanza. Lo sguardo pungente di Robert, però, pretendeva una risposta. Ripensò in pochi istanti alle incomprensioni e al tradimento con Gianluca... poi alla malattia, al rapimento, al momento in cui venne a sapere dell'Installazione Alpha e dei segreti che essa celava.

«Il caffè.»

L'ex Cacciatore sgranò gli occhi. «Come il caffè? Che vuoi dire?»

Marzia appoggiò la tazzina ormai vuota sul tavolo.

«Abbiamo passato dei momenti molto difficili. Ci sono stati periodi in cui mi ha trascurata e altri in cui io ho trascurato lui. Ho commesso un errore imperdonabile. Però... solo con lui, al mattino, il caffè aveva quel sapore particolare. Anche quando non ci guardavamo in faccia. Sapeva di boschi di montagna, di passeggiate al tramonto, di coccole e di tranquillità. Sapeva di casa.»

1.2

Monza, Italia
Ora locale 08:37

Un'aria più putrida del solito penetrava dalla tapparella quasi completamente abbassata. Con ogni probabilità, il depuratore di San Rocco, situato a soli cento metri da casa sua, stava funzionando a pieno regime, diffondendo i suoi miasmi soffocanti in tutta la zona. Le promesse dell'amministrazione comunale di coprire le cisterne entro la fine dell'anno, come richiesto a gran voce dai comitati cittadini, si erano rivelate chiacchiere da bar.

Del resto, Cristiano Messina non ci aveva mai creduto fino in fondo. Così come non aveva creduto all'arrivo a mesi della metropolitana a Monza, che avrebbe assicurato un enorme incremento di valore alla sua abitazione. Parole a vanvera dell'agente immobiliare per rifilargli un monolocale in una decadente palazzina anni sessanta, nel quartiere col tasso di criminalità più alto della provincia brianzola. D'altro canto, era tutto quello che con le sue finanze ridotte all'osso si poteva permettere, dato che non aveva nessuna intenzione di andare in affitto. *Non devi avere niente intestato, una casa di proprietà te la potranno sempre confiscare quando non paghi, mentre da una casa popolare non ti caccerà mai nessuno*, aveva tentato di inculcargli sua madre: uno dei tanti, pessimi insegnamenti di una donna di origini siciliane trasferitasi al Nord ancora incinta, collezionando uno sfratto dietro l'altro e lasciando debiti ovunque, fino ad approdare a uno squallido alloggio popolare grazie alla sua condizione di "ragazza madre". Persona dedita alle slot machine, alla droga e alla vita sregolata, intestataria di una quantità di auto (in uso a personaggi poco raccomandabili) da far invidia a un concessionario, con delle frequentazioni a dir poco ambigue... e morta per AIDS a soli quarantanove anni. Nonostante ciò, la scriteriata madre aveva condizionato solo in parte il figlio. Malgrado da lei avesse ereditato, oltre al cognome, un carattere abbastanza scorbutico, proprio quell'odio ribollente, quel disprezzo per i suoi comportamenti estremi l'avevano sempre portato a fare l'opposto dei suoi riprovevoli consigli. Alla via delle furberie aveva preferito l'applicazione e il sacrificio, grazie ai quali era riuscito ad aggiudicarsi una borsa di studio che gli aveva permesso di andare all'università, anziché finire a fare il balordo da strada dedito a lavori saltuari e crimini di bassa lega.

Di sicuro non immaginava che la sua vita avrebbe intrapreso una parabola discendente tale da farlo piombare in un contesto simile a quello della madre.

Si alzò a fatica, con un sapore amaro in bocca e lo stomaco sottosopra. Mise i piedi a terra ma rimase col culo sul materasso. Il consueto mal di testa mattutino impiegò solo un paio di secondi in più per iniziare a farsi sentire, e non poteva essere altrimenti: la sera prima ci era andato giù pesante, come testimoniava la quantità esagerata di bottiglie di Becks sparse in ogni angolo della casa. Nessuno, al supermercato di quartiere dove aveva fatto scorta prima del party in solitario, avrebbe detto che quel signore sulla quarantina dall'aria malsana, dagli abiti trasandati e dalla barba incolta era stato anni or sono uno dei più importanti antropologi del mondo, un luminare autore di moltissime pubblicazioni di grande valenza scientifica.

Decisamente no.

Addirittura una cassiera, tempo addietro, mentre batteva la sua spesa, fatta per lo più di alcolici e cibo in scatola di seconda scelta, lo aveva scambiato per un clochard e gli aveva chiesto se avesse la *social card* per indigenti. La risposta furiosa di Cristiano terrorizzò la dipendente del market costringendo l'addetto alla vigilanza a intervenire, il quale accompagnò l'ex professore all'uscita senza troppi complimenti.

Dopo aver trascorso due minuti a fissarsi le unghie dei piedi, decisamente troppo lunghe, si alzò barcollante dal letto lurido e si diresse in bagno. Diede un'occhiata alla sua pancia prominente e, dopo un malinconico amarcord della *quasi* tartaruga degli anni passati (per cui incolpava la genetica e non la sua passione smodata per i Buondì), si mise sopra la bilancia. Novantacinque chili. Per una persona di un metro e settanta scarsi erano giusto un tantino più del consentito nella tabella del peso forma dei nutrizionisti. Sul suo corpo, il suo background da appassionato di ciclismo e footing aveva impietosamente lasciato il posto alle smagliature e ai fianchi strabordanti dalle mutande. Nonostante avesse tentato diverse diete, non riusciva a seguirne nessuna per più di due settimane. Senza contare che alle suddette diete aggiungeva quelle sette o otto birre giornaliere, più altri alcolici vari.

E i Buondì al cioccolato.

Fanculo.

Si piazzò di fronte allo specchio per contemplare quel triste spettacolo di decadenza. I suoi occhi sottili, neri come la notte tanto che l'iride e la pupilla quasi non si distinguevano, erano iniettati di sangue. Si diede una sciacquata alla faccia, incurante degli schizzi che avevano lasciato macchie pressoché indelebili sul vetro, e si asciugò con l'accappatoio verde strappato sotto le ascelle.

Mise sul fuoco la moka e si sedette a quella sottospecie di scrivania che si ritrovava in camera, attaccata al muro e adiacente al letto. Niente più che una tavola di legno dai bordi scheggiati appoggiata a un piedistallo, il tutto rigorosamente acquistato all'Ikea.

Il suo portatile, un MSI da 16 giga di RAM, era forse la cosa più preziosa che avesse in casa, a eccezione di uno splendido Rolex Daytona regalatogli dal suo ex professore dell'università: l'unico oggetto di valore che non si era ancora venduto. Sergio Morgante, una delle poche persone a sopportare i suoi sbalzi d'umore, era morto nemmeno un mese dopo quel regalo, al che Cristiano chiuse l'orologio in un cassetto e lo conservò come un cimelio.

Diede un rapido sguardo alle email, dove solitamente trovava i messaggi di qualche invasato, zeppi di domande fastidiose in merito ai suoi libri e alle sue teorie: purtroppo per lui, era costretto a rispondere a tutti visto che quegli ebook pubblicati su Amazon erano ormai la sua unica fonte di reddito, per quanto misera. Ringraziava il padreterno di riuscire a pagarci bollette, spesa e un gratta e vinci da dieci euro alla settimana, precisamente il sabato, un rituale ormai inossidabile. Il suo retroterra da studioso brillante, vantato nelle sinossi dei libri a caratteri cubitali, era l'unico elemento che gli garantiva un numero di download superiore alla media dei vari complottisti improvvisati. Sì perché le tematiche centrali dei suoi lavori non erano più, come dire, lige all'ortodossia scientifica come nelle pubblicazioni di un tempo, che infatti ristagnavano sul fondo delle classifiche: era passato, con un azzardato volo pindarico, dall'analisi delle strutture sociali di popolazioni completamente isolate dalla civiltà moderna... all'ufologia. In parallelo, la stima che si era meritato in anni di divulgazione scientifica si era trasformata in pena e derisione da parte della comunità accademica, che bollava le sue teorie come balzane e non gli aveva più permesso di mettere piede in nessuna aula per tenere convegni. In compenso aveva fatto da relatore in alcuni dibattiti a tema ufologico, ma gli introiti da quegli eventi erano davvero miseri e quasi tutte le volte finiva per litigare o con gli organizzatori o con qualcuno del pubblico. Soprattutto dopo l'incidente con il fisico Stanton Friedman, con cui venne quasi alle mani. D'altronde il vecchio sosteneva con estrema sicurezza la valenza della mappa stellare disegnata dalla signora Hill, la quale evidenziava come probabile punto di provenienza degli alieni il sistema binario di Zeta Reticuli; ma la questione era già stata affrontata varie volte da esperti e quasi tutti concordavano sul fatto che la donna avesse riprodotto una mappa vista poco tempo prima in un planetario. Cristiano, che non ne faceva passare neanche una liscia, ci tenne a puntualizzare, ma la risposta tignosa dello pseudo-esperto, oltre al pubblico palesemente dalla sua parte in quanto più *alto in grado* nella classifica di autorevolezza dell'ufologia mondiale, fece sì che iniziasse a vomitargli addosso insulti con fervore crescente, fin quando non fu allontanato tra i fischi. Del resto per lui la ragione era troppo preziosa per darla anche solo agli stolti.

Lo stress causato da questo suo status ambiguo (troppo credulone per gli studiosi ufficiali ed evidentemente troppo *poco* per gli altri) era riuscito ad abbattere persino una persona forte come l'ex professor Cristiano Messina, tanto da farlo precipitare in un gorgo di autodistruzione e perdita di stima in se stesso, il tutto accompagnato da una preoccupante dipendenza dall'alcol.

Ciao, sono Cristiano e sono un alcolista. Credo negli UFO, non scopo da cinque anni e sono un fallito. Ma ho anche dei difetti, pensava prima di ingollare l'ennesima birra o vino di scarsa qualità.

Più volte si era domandato, nei momenti di scoramento, cosa sarebbe successo se quel giorno non avesse fatto quella scoperta nel folto della foresta. Avrebbe continuato la sua vita da accademico, tra convegni e pubblicazioni. Si sarebbe probabilmente sposato con Matilde, la sua fidanzata di allora, gallerista d'arte figlia di una ricca famiglia di industriali della Brianza, che l'aveva invece lasciato dopo la sua *folgorazione*: non tanto per la perdita della cattedra all'università e il relativo stipendio, quanto per l'imbarazzo suscitato tra amici e conoscenti al vedere le sue foto e i suoi articoli linkati su siti di informazione *alternativa*, per lo più un ammasso di bufale e teorie complottistiche. Ma si sa, la vita è imprevedibile e gli eventi possono prendere una piega inattesa quando uno meno se lo aspetta. E in fondo, pur nella sua solitudine, nonostante la mancanza di soldi, il fegato che stava per gettare la spugna e le parole chiave *cialtrone* e *impazzito* associate più sovente al suo nome nelle ricerche su Google, si sentiva in un certo senso un privilegiato, un depositario di una conoscenza riservata a pochissimi esseri umani.

E ne avrebbe avuto presto conferma.

1.3

Foresta Amazzonica Peruviana
Sei anni prima

«Professore, è proprio sicuro di volerlo seguire?»
Era già da alcuni giorni che la favolosa scoperta era finita
sui giornali: all'interno della Foresta Amazzonica, in una zona
vicina alla riserva di Tambopata, il professor Cristiano Messina
aveva rinvenuto, dopo estenuanti ricerche e grazie a una certa
dose di fortuna, una piccola tribù di nativi che non aveva mai
avuto rapporti con la civiltà moderna. Un evento rarissimo e di
importanza enorme dal punto di vista etno-antropologico.
Messina, accompagnato dal suo assistente Ettore Calvi e da due
indios incaricati di interpretare quello che doveva essere il loro
dialetto, aveva vissuto a stretto contatto con loro per circa tre
settimane.
    All'indomani della sua partenza, con tutta la mole di
documenti e di conoscenza da offrire al mondo (in primis
Harvard, che si era aggiudicata la conferenza d'apertura del
professore per una cifra considerevole), successe qualcosa di
incredibile. Quello che si poteva definire il capo della tribù di
indigeni prese da parte Cristiano e il suo collaboratore e li
invitò a seguirlo. Il volto era molto serio, il che faceva
presupporre qualcosa di davvero importante.

    Camminarono per diverse ore, addentrandosi nella foresta
inviolata a colpi di machete. L'italiano, che si era portato dietro
uno zainetto con torce e altri oggetti, e soprattutto il suo
dottorando, dalla corporatura gracile e per nulla abituato alla

fatica fisica, ansimavano e rischiavano di scivolare a ogni piè sospinto mentre l'indio dimostrava di conoscere alla perfezione il percorso e niente pareva ostacolarlo.

«Professore, ha una vaga idea di dove ci voglia portare?» bisbigliò Ettore «Siamo sicuri di poterci fidare?»

«Beh, al massimo finiremo a bollire nel pentolone...» rispose l'antropologo con un sorriso sarcastico.

Dalla faccia, l'assistente non sembrò trovare la battuta molto divertente.

«Senti, Ettore, quanti anni hai meno di me?» proseguì stizzito «Tre, quattro? Ecco, sono troppo giovane per farti da paparino. Forza e coraggio.»

«Professore, lo so» replicò lui, ormai rassegnato al suo tono scorbutico «ma in fondo siamo qui da troppo poco tempo, magari non conosciamo ancora tutte le loro usanze e...»

«Hai visto troppe volte *Cannibal Holocaust*» lo interruppe Cristiano «dai retta a me.» Fece una pausa di qualche secondo per prendere fiato, poi continuò. «Sa che stiamo per andarcene. Ho l'impressione che ci stia per fare un dono, forse portandoci in un luogo sacro per la sua gente.»

Pochi istanti dopo quelle parole l'indigeno si bloccò di fronte a quello che sembrava essere un avvallamento nel terreno coperto di rampicanti. Con alcuni colpi di machete si rivelò invece essere l'ingresso di una caverna.

«Cavolo...» disse l'assistente «credo proprio avesse ragione...»

Il professor Messina si rivolse con aria sorpresa verso l'indio, che gli fece cenno di entrare. Esitò per un istante, poi si avviò assieme a Ettore, mentre il loro accompagnatore rimase fuori come a guardia del sito.

La puzza di muffa aumentava man mano che si addentravano in quell'antro misterioso. Non era un'impresa semplice: la discesa era molto ripida e i sassi erano ricoperti di licheni che li rendevano scivolosi. Più di una volta rischiarono di finire col culo per terra.

Il professore era avanti di un paio di metri, quasi fosse geloso dell'eventuale sorpresa e volesse vederla e toccarla per primo.

Dopo una decina di minuti si trovò in un punto pianeggiante. La volta della caverna era piuttosto piccola e costellata di massi imponenti che impedivano di distinguere cosa si parava loro davanti. Dopo aver percorso alcuni passi però, ecco che il fascio di luce illuminò il fondo della grotta.

«Oh Cristo...»

Cristiano si avvicinò ulteriormente per mettere meglio a fuoco quella che si stava rivelando una scoperta eccezionale.

La parete centrale era coperta da graffiti rupestri molto grandi e stilizzati. Una cosa assolutamente anomala, considerando che la tribù non conosceva forme di comunicazione scritte. Delle figure umane erano riunite sotto un oggetto circolare, con dei trattini che potevano rappresentare raggi di luce o qualcosa del genere. Nelle immagini successive c'erano disegni incomprensibili con un uomo isolato dal resto del gruppo, e altri che raffiguravano una specie di rito o sacrificio.

«Fantastico, a dir poco fantastico!» esclamò Ettore, sbalordito.

Cristiano abbassò la sua torcia e vide una cosa ancora più incredibile: una serie di teschi umani, poggiati a terra, tutti con una frattura più o meno ampia sulla calotta cranica. Dietro di essi, una strana roccia di circa un metro quadrato completamente nera.

«Cosa diavolo sono... cosa rappresentano?» sussurrò il professore, avvicinandosi lentamente, con una nota di eccitazione crescente nella voce «Inizia a fare qualche foto, Ettore. Qui ci sarà da lavorare parecchio.»

Accarezzò con la mano un teschio. Lo strato di polvere, unito all'assenza della benché minima traccia nei dintorni, suggeriva che quei reperti erano lì inviolati da molto, molto tempo; il capo tribù doveva essere un semplice custode di quel luogo ma, con ogni probabilità, non vi aveva mai messo piede. Forse un compito ereditato dal suo predecessore e così via a ritroso per chissà quanti anni. Cristiano riuscì a percepire nitidamente la sacralità di quel posto: pensò che non avrebbe mai ringraziato abbastanza l'indigeno per quella possibilità.

Passò il dito lungo il bordo scheggiato dell'osso: era stata, in apparenza, opera di un sasso o un corpo contundente simile. Non sembrava tanto il risultato di una lotta, quanto di una sorta di rituale.

«Interessante davvero... non è tipico di popolazioni come queste» commentò il professore, continuando a guardarsi intorno «e questa roccia a cui parrebbero dedicati, cosa rappresenterà?»

Si avvicinò ancora e poggiò la mano sulla pietra nera. Improvvisamente, un sibilo gli attraversò la testa da parte a parte e un dolore acuto prese a pulsare proprio a partire dal cervello.

«Cazzo!»

Ritrasse la mano e si portò la sinistra sulla tempia, incredulo. La fitta cessò un istante dopo.

«Tutto bene?» chiese il suo assistente, allarmato. Lo raggiunse e lo vide in apparente stato confusionale.

«Sì, sì, bene.»

Dopodiché Cristiano fissò la roccia per qualche altro secondo e riprovò a sfiorarla. Anche stavolta sperimentò le medesime sensazioni, e anche stavolta dovette staccare la mano immediatamente. «Ma che cazzo succede?!»

«Professore, cosa...»

«Prova a toccare quella pietra, Ettore!» gli disse quasi infastidito, forse a causa del dolore.

L'aiutante fece come ordinato. Poggiò le dita nel punto dove batteva il fascio di luce, anche se un po' timoroso. La passò sulla ruvida superficie per alcuni secondi, poi si girò verso lo sconcertato antropologo. «Non sento nulla... mi sembra una normale roccia... Lei cos'ha percepito?»

Cristiano non rispose, continuando a fissare lui e il masso nero alternativamente. Il suo sguardo era inquietante e, complici le tenebre rischiarate solo dalle loro piccole torce, Ettore stava iniziando a preoccuparsi per quell'atmosfera.

«Professore, la prego... ha avuto un mancamento?»

«Qui c'è qualcos'altro» sentenziò scuro in volto, scrutando un punto interrato dietro la roccia in questione «qua sotto, è sepolto sotto terra.»

Cominciò a scavare a mani nude. L'assistente posò la sua torcia e si unì all'operazione. Scavarono a lungo, e il loro stupore cresceva via via che si andava delineando la struttura dell'oggetto seppellito nel terreno.

«Cosa diavolo sarà mai?» si domandò Cristiano ansimando per la fatica. Di fronte a loro, ancora parzialmente conficcato nel suolo, c'era un elemento dalla forma in apparenza circolare con due lievissimi rigonfiamenti centrali. Avvicinò la torcia, tolse per bene la polvere con la sua camicia e ne toccò la superficie: somigliava a un tessuto, pur avendo consistenza metallica. Non aveva mai sentito nulla di così liscio.

«Ehm... io non... non vorrei risultare inopportuno, professore...» balbettò Ettore, con la bocca secca per l'emozione e per lo smarrimento «ma questo sembrerebbe un... UFO?»

1.4

Ore 12:04

Dopo una mezz'ora al computer sentì il suo cellulare vibrare sul tavolo della cucina. Odiava la suoneria, per questo lo teneva sempre in modalità silenziosa. Tanto i suoi contatti con persone all'esterno si erano ridotti al minimo sindacale.

Controvoglia, alzò il sedere prominente dalla sedia e andò a rispondere. Numero sconosciuto, recitava il display.

«Pronto?»

«Pronto, buongiorno» disse una voce dal marcato accento americano «lei è il professor Cristiano Messina?»

«Sì...» confermò senza nascondere il suo fastidio. Si aspettava una pubblicità di qualche tipo, o un promoter bancario che aveva decisamente sbagliato numero. Di solito attaccava subito il telefono, ma quando era in vena riversava su di loro insulti e frustrazione: non che lo facesse sentire meglio, ma lo considerava un atto dovuto.

«Felice di conoscerla, mi chiamo Harry McGaulle e la chiamo in rappresentanza della Heavenly Valley, una società di produzione televisiva e cinematografica di Los Angeles. Abbiamo in mente un progetto per la BBC riguardante la tematica ufologica e le sue tracce nella storia, diciamo. Abbiamo letto i suoi libri e verificato le sue credenziali. Ci piacerebbe coinvolgerla nella trasmissione in qualità di consulente.»

Cristiano rimase di stucco. Dentro di lui divampò in un lampo il fuoco della paranoia, sopito da parecchio tempo. «Scusi, come fa ad avere il mio numero?»

«Mi è stato fornito dalla Endemol, hanno detto che in passato ha collaborato con loro.»

In effetti era così: circa tre anni prima era stato intervistato in una puntata di *Mistero*, il famoso programma pseudo-scientifico ad alto contenuto mistificatorio. Era stata proprio quella la pietra tombale sul brandello rimanente di stima da parte della comunità accademica.

«D'accordo, ho capito...» replicò sottovoce, cercando di contenere la sua paranoia latente «e che tipo di progetto sarebbe?»

«Un lungo speciale di stampo documentaristico» rispose il misterioso uomo all'altro capo del telefono «molto approfondito, con spiegazioni dettagliate e il più rigorose possibili dal punto di vista scientifico. Insomma, non una delle solite pagliacciate.»

Cristiano era ancora dubbioso. «Lei cos'è, americano? Parla molto bene l'italiano, però...»

«Mi vuole fare il terzo grado?» ribatté l'altro sorridendo. «Vediamoci di persona e risponderò a tutte le sue domande. E le garantisco che riterrà l'offerta degna di essere presa in considerazione.»

Offerta degna di considerazione...

Nonostante si sentisse ancora sul chi vive, quell'ultima frase materializzò nella sua mente l'immagine di un assegno a svariati zeri preceduti dal simbolo del dollaro, giusto perché la società aveva sede negli USA. E in un momento in cui era quasi costretto a chiedere l'elemosina fuori dalle chiese, non poteva correre il rischio di lasciarsi sfuggire l'occasione.

«Che dire... d'accordo, incontriamoci.»

«Perfetto. Oggi è disponibile?»

Dritto al sodo. «Beh, sì, ho solo qualche problema logistico. La mia macchina è... ehm... dal meccanico per qualche giorno.» In realtà erano ormai due anni che la sua povera

Skoda, dopo una brutta sbandata e l'incontro ravvicinato con una quercia, era "dal meccanico". Il proprietario dell'officina gli aveva comprato i pezzi ancora interi per quattro soldi, ma non aveva motivo di lamentarsi: era ubriaco fradicio e solo per pura fortuna in quel momento non passava alcuna auto... senza contare che il radiatore non si era rotto, cosicchè era riuscito a tornare a casa senza dover dare spiegazioni alla polizia.

«Non si preoccupi» ribatté secco l'americano «sono giusto in zona, mi faccio accompagnare. Credo ci metterò circa venti minuti.»

«Ah, è in zona...» ripeté Cristiano titubante «il mio indirizzo deve averglielo fornito sempre la Endemol, immagino.»

«Lei è un veggente» replicò l'altro sarcastico «a dopo.»

Tentò di dire qualcosa ma non fece in tempo. Dall'altro capo del telefono, il signor McGaulle aveva già terminato la chiamata.

Rimase col cellulare in mano per alcuni secondi. C'erano diversi aspetti che non lo convincevano in quella storia. Ormai lui era un povero derelitto, che interesse poteva mai avere una compagnia americana a ingaggiarlo? Però sapeva di doversi giocare tutte le carte, quindi si sforzò di accantonare la sua paranoia e si concentrò sul da farsi.

Certo, un piccolo aiuto non guastava. Andò in camera, aprì il comodino e tirò fuori un vecchio *karambit*, un coltellino ricurvo che gli era stato regalato durante un viaggio in Indonesia e spacciato come oggetto esclusivamente locale, mentre era in vendita su Amazon a quasi metà del prezzo. Nascose l'arma in tasca, mimando mentalmente le mosse necessarie a estrarla con rapidità e a reagire di scatto a un attacco, come gli aveva insegnato l'indonesiano. Sembrava ricordarsele discretamente bene.

Così va meglio...

Abbracciò con lo sguardo l'intera casa, il paradigma del disordine e dello squallore, e realizzò che uno con cui avrebbe potuto stipulare un contratto di valore stava arrivando a calpestare quelle piastrelle che non vedevano l'ombra di uno straccio da almeno tre mesi.

Cazzo...

In un disperato tentativo di metterci una pezza, corse a chiudere la porta della camera, giusto per coprire metà dell'orrore casalingo, e decise di concentrarsi sulla cucina. Prese camicie, magliette, pantaloni vari sparsi sulle sedie e sul divano e li gettò in una cesta vicino alla lavatrice. Poi recuperò un sacchetto della spesa (la raccolta differenziata per lui era un optional) e ci buttò dentro tutto quello che c'era sul tavolo, senza distinzione: bottiglie di birra, scatolette aperte, tovaglioli, avanzi di cibo e confezioni di plastica. Fece un rapido nodo e lo sbatté dentro un ripiano sotto il lavello nella speranza che non emanasse troppo odore durante la permanenza dell'ospite, visto che c'era già il vecchio sacchetto di rifiuti organici che si stava quasi decomponendo.

Ora, che fare? Il divano era in uno stato pietoso, con ogni probabilità era già tana per le cimici dei letti. Non era un posto ideale dove sedersi. D'altro canto, neanche i piatti sporchi che intasavano il lavandino da giorni facevano una gran bella figura. *Magari scenderemo al bar a prenderci un caffè*, pensò tra sé.

Mentre ancora correva di qua e di là come un forsennato, tentando di pulire le macchie più evidenti sui mobili e di sistemare qualche suppellettile sparsa, suonò il citofono.

Merda!

Andò a premere il pulsante per aprire il cancello e spalancò la porta, sbirciando dalle vetrate della rampa di scale. Sul vialetto di mattonelle mezze rotte, da cui fuoriuscivano erbacce a iosa, procedeva un signore sulla quarantina piuttosto basso, dai capelli cortissimi a taglio militare, vestito con un giaccone elegante.

L'uomo salì i due piani di scale a piedi e raggiunse l'uscio, dove Cristiano sfoderò il più smagliante dei sorrisi. «Buongiorno, signor McGaulle!»

«Buongiorno.»

L'ex professore allungò la mano. L'americano gliela strinse per un istante con una forza incredibile, quasi volesse incrinargli le ossa, poi entrò in casa senza chiedere permesso piazzandosi in mezzo alla sala.

«Prego... vuole darmi la giacca?» domandò ossequioso l'antropologo, incuriosito da quel tizio che sembrava stesse scannerizzando con gli occhi la sua abitazione.

«Chiuda la porta, professor Messina.»

Il tono di quella frase destò una certa preoccupazione in Cristiano. Forse era stato un po' troppo precipitoso.

«Si accomodi!» esclamò indicando il divano «Posso offrirle qualcosa? Una birra?» Cioè l'unica cosa di cui il suo frigo traboccava.

«No, grazie» rispose McGaulle, sedendosi sul sofà. L'ex professore osservò i bellissimi guanti in pelle nera mentre se li toglieva dito dopo dito. L'operazione si svolse in totale silenzio.

Quando ebbe finito l'ospite se li rimise in tasca. Lo sguardo di Cristiano cadde su un voluminoso anello che l'uomo portava al mignolo della mano destra. Lo incuriosiva in particolar modo la strana pietra nera che vi era incastonata.

«Le piace?» gli chiese.

Lui sollevò gli occhi, imbarazzato. «Scusi... bell'anello.»

L'americano non replicò e si limitò a guardarlo, sorridendo. Un sorriso quasi di scherno, all'apparenza.

Dopo alcuni secondi di silenzio, Cristiano decise di rompere gli indugi. «Dunque? Mi voleva parlare del progetto o sbaglio?»

«C'è un cattivo odore in casa sua» disse McGaulle, dando un'occhiata in giro «forse non fa aerare bene le stanze.»

L'ex professore arrossì dall'imbarazzo. L'olfatto fine dell'uomo doveva aver individuato l'effluvio proveniente dai sacchetti della spazzatura nascosti in maniera approssimativa sotto il lavello. «Ehm... no. Credo sia il depuratore, qui è un'abitudine... sa, io ormai c'ho fatto il callo.»

«Capisco» replicò McGaulle languido, continuando a spostare lo sguardo in ogni angolo della casa «e come mai uno studioso di fama mondiale come lei è finito a vivere in un quartiere periferico con un depuratore?»

Calmo... stai calmo... deve offrirti un contratto, smetterai di fare la spesa al discount almeno per un po'.

«È una lunga storia» rispose, trattenendo l'irritazione «una lunga e triste storia.»

«Forse riguarda quello che è successo durante la sua spedizione nella Foresta Amazzonica?» insinuò l'americano fissandolo negli occhi «So che è stato quello il momento di svolta della sua carriera, quando ha iniziato a distaccarsi dallo studio dell'antropologia classica e si è dedicato alla ricerca di tutto ciò che poteva concernere la presenza di UFO nell'antichità.»

Il padrone di casa si irrigidì. Gli occhi di quell'uomo lo mettevano a disagio, ma ancora di più il riferimento diretto alla tragedia della missione. In fondo, tutte le sue paranoie erano nate da lì...

«Lei esattamente cosa sa al riguardo?» borbottò tremante, pronto ad afferrare il coltello.

La bocca dell'americano si aprì in un placido sorriso. «Ufficialmente so quello che è stato scritto sui media, cioè che avete scoperto una tribù di indigeni, nel cuore dell'Amazzonia Peruviana, che non aveva mai avuto contatti con il mondo civilizzato. Li avete chiamati *Menotes*. So che lei ci ha convissuto per tre settimane. Poi però la sua spedizione si è trasformata in una tragedia: il suo assistente, Ettore Calvi, è stato trovato morto sul bordo di una strada, forse vittima di una rapina; la tribù di indios invece sembrava sparita fin quando non furono rinvenuti alcuni resti umani nel Rio delle Amazzoni con ferite da arma da fuoco. Con ogni probabilità i taglialegna devono essere arrivati in quelle zone, forse c'è stato uno scontro e quella è gente che non scherza, spesso sono accompagnati da bande armate ingaggiate dalle multinazionali del legname.»

Cristiano lo lasciò parlare senza interrompere, cercando di tenere a freno quella brutta sensazione che si stava impadronendo di lui. Quell'uomo sapeva molto di più sulla faccenda e pareva non avere alcuna remora ad aprirsi.

«Ufficiosamente... sappiamo che avete trovato qualcosa di molto interessante. Avete risalito il fiume e a un certo punto vi siete divisi: lei è tornato in hotel per contattare Harvard e definire la nuova piega del discorso che avrebbe dovuto tenere, mentre il suo assistente assieme alle guide doveva raggiungere l'ambasciata per discutere il prolungamento del vostro permesso al fine di approfondire gli studi al sito appena scoperto. Peccato che non arrivarono mai a destinazione. Inoltre portavano con sé tutta l'attrezzatura, le macchine fotografiche, i documenti. Una vera sfortuna.»

Improvvisamente Cristiano si alzò in piedi ed estrasse il coltello, puntandolo verso l'uomo con la mano tremante. «Nessuno sapeva che stavano andando ad avvertire l'ambasciata! Chi è lei?»

«Gliel'ho detto, mi chiamo Harry McGaulle» rispose, senza battere ciglio di fronte all'arma «e avrei voluto fare l'attore, da piccolo. Invece sono un *Cacciatore*. Faccio parte del team dell'*Installazione Alpha*.»

«Un... Cacciatore?» ripeté l'ex professore «E che cazzo vuol dire?»

«Non si preoccupi, non sono qui in quanto tale. Il mio lavoro è un altro. Lo saprà tra poco, adesso però metta via il coltello, così le spiego tutto.»

Ma lui non voleva sentire ragioni. «Ah sì? Vuole spiegarmi? Cosa è venuto a fare qui, maledetto stronzo? Se sai tutte queste cose...» passò dal lei al tu senza soluzione di continuità «significa che siete stati voi? Siete stati voi a ucciderli tutti! Figli di puttana! Ora cosa volete, terminare l'opera?»

«Come sei scurrile per essere stato un noto accademico, professore» lo punzecchiò il Cacciatore «in ogni caso, se ti avessimo voluto morto lo saresti da tempo. Adesso comportati da persona seria e metti via quel karambit. Solo a vederti si capisce che non sai minimamente maneggiarlo.»

Cristiano respirava a pieni polmoni. La sua mano sudata bagnava l'impugnatura del coltello, mentre pensava a dove aveva lasciato il telefono e all'eventualità di chiamare la polizia. Bastò un istante a fargli capire che sarebbe stata una mossa del tutto inutile, così abbassò il braccio e appoggiò la lama sul tavolo a fianco. Altro non poteva fare.

«Bene. Sapevo che saresti stato ragionevole.»

L'antropologo, pallido in viso, fece qualche passo incerto verso la vecchia poltrona e vi si gettò a peso morto, fissando il pavimento. «Voglio sapere tutto» disse con un sospiro di rassegnazione «voglio sapere come sono andate le cose, perché avete compiuto quella strage, qual era il vostro scopo, chi siete... Tutto. Me lo devi.»

Il Cacciatore sorrise. «Come ti ho detto faccio parte del team dell'Installazione Alpha. Immagino tu non l'abbia mai sentita nominare. Invece hai scritto più volte nei tuoi libri dell'Area 51, giusto?»

Cristiano annuì, fremendo per sentire il resto.

«Possiamo affermare che l'Area 51 è una mera succursale dell'Installazione Alpha. Comunque, eravamo a conoscenza delle dinamiche della vostra spedizione e vi stavamo tenendo d'occhio. È partito tutto da quel Carlos, il figlio di una delle guide che vi ha accompagnato durante la permanenza all'interno della foresta. Pare abbia rovistato nella macchina fotografica di Ettore, dopodiché ha pubblicato una foto online sul suo profilo Twitter... era l'immagine di una pietra nera, quella che avete trovato nella grotta.»

L'ex professore ascoltava tremante, ripensando a quei terribili giorni che avevano segnato per sempre la sua vita.

«Per fortuna monitoriamo la rete in maniera capillare e ce ne siamo accorti dopo poco tempo. Il profilo del ragazzo è stato immediatamente hackerato e a quel punto non restava che entrare in azione per arginare ogni possibile danno. Abbiamo mandato i nostri uomini in zona a intercettare il gruppo composto da Ettore, le due guide e il giovane mentre si stavano recando a casa di uno di loro. Poi è stato inscenato l'assalto da parte di un gruppo di banditi... loro sono morti, le macchine fotografiche e la documentazione recuperate.»

L'uomo mostrava una lucidità incredibile mentre parlava di omicidi e complotti, come fossero il suo pane quotidiano.

«C'era bisogno di uccidere un ragazzo di sedici anni? Cazzo...» sospirò Cristiano, appoggiando i gomiti sulle ginocchia e mettendosi le mani tra i capelli.

«Per rendere credibile la cosa ci siamo dovuti adattare alle modalità locali. Nessun commando di banditi o rapitori si sarebbe fatto scrupoli.»

«E i Menotes? Che colpa avevano?» ribatté quasi in lacrime.

McGaulle alzò le braccia. «Dopo aver visionato il materiale fotografico ci siamo recati sul luogo con l'intenzione di far sparire tutto. Ovviamente, il tutto comprendeva anche coloro che erano a conoscenza di quella caverna.»

«Solo il capo tribù ne conosceva l'ubicazione!» replicò il professore «Ma li avete trucidati tutti!»

«Anche se fosse vero, non potevamo correre il rischio. Abbiamo fatto solo ciò che andava fatto.»

«E come mai non avete ucciso anche me? Negli ultimi anni ho fatto di tutto per divulgare la verità, raccontando per filo e per segno quanto era successo, eppure sono ancora vivo!»

L'americano sorrise. «Non mi pare che la tua divulgazione abbia avuto una grande eco a livello scientifico. Sarà perché non possiedi più alcuna foto del... relitto o della caverna in generale?»

Relitto... c'era da aspettarselo, ovviamente. Avevano trovato l'UFO.

«Anche se, con ogni probabilità, i tuoi colleghi ti avrebbero preso per un ciarlatano pure con delle prove fotografiche nitidissime. In fondo, la gente crede solo a quello che vuole credere.»

Cristiano sospirò e assentì suo malgrado.

«Se vuoi la verità, c'è stato qualcuno che ha sempre vegliato su di te. Ti ho detto che eravamo al corrente della spedizione, avevamo degli uomini sul posto: ecco perché l'intervento è stato tempestivo. E come avremmo potuto se non avessimo avuto un occhio di riguardo per te? Adesso, questa persona ti sta offrendo un'opportunità.»

«Ah sì? E chi sarebbe *questa persona*?»

L'uomo sorrise. «Tuo padre.»

2

Conferme

2.1

Medak, India
Ora locale 09:37

La fase finale del percorso era dunque arrivata. Tutti i membri del gruppo dei Traditori si stavano preparando per affrontare l'incursione nell'Installazione Alpha. Solamente il dottor Alvarez e i quattro Cacciatori fuggiti con lui l'avevano vista dal vivo, ma le foto e la nutrita documentazione che si erano portati dietro avevano dato modo anche agli altri di conoscerne la struttura interna in maniera approfondita. La tensione era palpabile: in sedici avrebbero dovuto fronteggiare quasi trecento tra Cacciatori, soldati di guardia e personale vario. Per fortuna avevano dalla loro sia l'effetto sorpresa sia l'effetto Harvey Specter, che aveva confezionato un piano d'azione di sicuro *impatto*.

«Aspetta, ti aiuto io.»

Robert si avvicinò a Marzia, evidentemente impacciata nell'atto di allacciarsi il giubbotto antiproiettile, e strappò di nuovo le chiusure sulla schiena in modo da farglielo calzare al meglio. Nonostante il suo talento innato per le armi da fuoco, l'inesperienza della ragazza sul campo di battaglia era già di per sé un handicap non trascurabile: non poteva proprio permettersi anche qualche limitazione nei movimenti per via di un giubbotto indossato male.

«Grazie.»

L'ex Cacciatore le fece segno di passargli il suo fucile. Lei obbedì titubante.

«Guarda che quello so farlo da sola» disse con una smorfia a metà fra il riso e la disapprovazione, mentre Robert controllava lo stato della canna e del caricatore «me l'hai insegnato proprio tu.»

«L'allievo non può superare il maestro, neanche nelle piccole cose.»

Marzia sorrise di nuovo. «Staremo a vedere.»

Cercava di mostrarsi spavalda, ma era solo un modo per nascondere la tensione che l'attanagliava, più forte di quanto si aspettasse la notte prima. Ora non si parlava più di bersagli colorati, di addestramento: questa volta le armi avrebbe dovuto usarle contro persone in carne e ossa. Avrebbe fatto fuoco contro esseri umani. Avrebbe ferito. Ucciso. E la cosa la terrorizzava. Confidava, in cuor suo, nelle rassicurazioni del dottor Alvarez e di Robert sul fatto che sarebbe stata difesa dal gruppo con ogni mezzo possibile e che avrebbe dovuto ricorrere alle pallottole solo in casi eccezionali. Era più che altro una precauzione. In fondo, da morta non avrebbe potuto adempiere al suo importantissimo compito. Ciò nonostante, era il suo battesimo del fuoco sul campo di battaglia, e lei non era un soldato.

«Bene, ragazzi, ci siamo» esordì Robert a voce alta, richiamando l'attenzione dei presenti «Specter è riuscito a posticipare di tre ore l'arrivo del cargo coi rifornimenti. Tutti conoscete la vostra parte. Mi raccomando, massima concentrazione in ogni momento e seguite alla lettera il piano. Se tutto andrà come previsto non ci saranno particolari sorprese. E ricordate: questo sarà il culmine di tutta la nostra preparazione, di tutti i nostri sforzi, del percorso che ha fatto fuggire noi quattro» disse indicando gli ex Cacciatori «e il dottor Alvarez da quel covo di criminali disumani e che ha condotto tutti voi a unirvi alla nostra causa. Ridaremo la libertà a coloro che sono ingiustamente imprigionati e torturati, e toglieremo dalle mani del Generale Stamphord il mezzo per dare corso alla sua follia. Andiamo!»

Un urlo di acclamazione accompagnò la fine del discorso. Non c'era una vera e propria gerarchia all'interno dei Traditori, a parte una sorta di rispetto reverenziale per i quattro fuggitivi iniziali, ma Robert aveva nel tempo assunto un ruolo da leader operativo, sottostando alle istruzioni del dottor Alvarez. Ruolo che lui aveva accettato per il bene del gruppo, ma che non gli era mai andato particolarmente a genio.

«Sei un grande oratore» gli sussurrò Marzia, dandogli una pacca sulla spalla. Lui rispose con un sorriso, poi la osservò salire su uno dei furgoni che li avrebbe portati all'aeroporto. Vedeva i suoi occhi radiosi nella speranza di riabbracciare il fidanzato Enrico, ma non riusciva a gioirne. Sospirò e si domandò se avesse capito di non essergli indifferente, tuttavia decise di tenere quei pensieri per sé. Non era il luogo, non era il momento. Ora il suo unico compito era proteggerla, anche a costo della sua vita.

2.2

«Mio padre?» esclamò il professore, incredulo.

Il Cacciatore annuì.

Cristiano inarcò le sopracciglia, cercando di richiamare alla mente tutto ciò che sua madre gli aveva raccontato. «Non l'ho mai conosciuto, non so nemmeno il suo nome... mia madre mi disse soltanto che era un militare americano di stanza a Sigonella, vicino al suo paese natale. Con la vita che faceva quella cretina, è probabile che non se lo ricordasse neppure lei. O addirittura che non fosse lui mio padre.»

«Thomas Stamphord» replicò l'ambiguo ospite «Generale Thomas Stamphord. Ai tempi un semplice capitano. Non ti ha riconosciuto legalmente perché si era appena sposato, ma ha sempre provveduto al tuo mantenimento fino alla maggiore età. Da dove credi provenissero i soldi per vivere? Sai che tipo di vita conduceva tua madre, no?»

Cristiano rimase spiazzato. Lo sapeva eccome, purtroppo, ma che a parlargliene fosse un estraneo, beh, faceva un certo effetto. «Sì, però... lei lavorava, faceva le pulizie...»

«Balle. Lavorava pochissimo, tipo un giorno alla settimana. Era fuori tutti i giorni, sì, ma faceva altro. Gran parte di quei soldi finiva in eroina e alcol, come ben sai.»

L'antropologo, con gli occhi sgranati, stava facendo mentalmente due più due: ecco come si spiegavano i soldi, anche se aveva sempre avuto qualche sospetto. I rientri a notte inoltrata ubriaca persa con lui ancora bambino, le siringhe trovate nei comodini, le dosi in bustina: tutto questo non veniva finanziato dal suo lavoro né dai numerosi amanti di varie nazionalità che incontrava spesso a casa, ma da suo padre. Tutt'a un tratto gli tornarono in mente una serie di ricordi sopiti come le chiacchiere dei compagni di classe, il vomito da pulire dopo ogni nottata, le urla isteriche dovute probabilmente a una momentanea astinenza.

«Bene. Adesso so chi ringraziare per la mia infanzia turbolenta...» borbottò sarcastico.

«Sai che non è sua la responsabilità.»

«Poteva sempre farsi vivo e comportarsi da padre, magari...»

«No, te l'ho già spiegato. E ora finiamola con questo vittimismo, hai quarant'anni, risulta irritante.»

Cristiano si zittì, infastidito ma al contempo intimorito.

«Come ti dicevo, tuo padre non si è dimenticato di te. E ora ti offre un'occasione per dare una svolta alla tua vita.»

«Che genere di occasione?»

L'uomo inspirò e sorrise, dando l'impressione di dover iniziare un lungo racconto. «Quello che hai trovato in Amazzonia, caro il mio professore, è uno dei tre reperti principali di forma discoidale finora rinvenuti sul pianeta. Tutti e tre, per fortuna, sono in nostro possesso. Nei tuoi libri sostieni la possibile origine terrestre di questi velivoli, una tecnologia perduta scoperta da qualcuno e utilizzata in segreto. Parli di una probabile mancanza di equipaggio, paragonando quindi gli UFO a delle specie di droni. E gli addebiti anche la responsabilità delle *abduction*, anche se giustamente ammetti di non avere abbastanza prove per definire cosa esse siano. Gli unici elementi certi che sembrano accomunarle sono i *Missing Time*. Sbaglio?»

L'ex professore ascoltava in silenzio, spaventato e al contempo desideroso di sapere la verità su quello a cui aveva dedicato gli ultimi sei anni della sua vita.

«Hai in parte ragione. Non ci sono omini grigi dagli occhi neri all'interno dei dischi e sì, essi sono responsabili delle abduction, che non sono altro se non l'inserimento di *microimpianti* nel corpo dell'addotto. Nessuna autopsia su tavoli metallici, torture, riproduzioni forzate: quelle sono esclusivamente rielaborazioni autonome che compie la mente per sopperire alla mancanza di dati per decodificare l'esperienza di un'abduction. L'unico effetto fisico realmente registrato è una sporadica perdita di sangue dal naso.»

Il padrone di casa ebbe un tuffo al cuore. La sua mano fece un movimento involontario in direzione delle narici, ma si fermò a metà strada. «*Microimpianti...* stai parlando sul serio?»

«Lo so cosa mi stai per dire» continuò il Cacciatore «e te lo posso confermare. L'episodio a cui fai riferimento nei tuoi libri come probabile abduction, quella del 2001, è successo davvero. Ebbene sì, anche tu hai un microimpianto nel cervello.»

Si riferiva a un caso di Missing Time avvenuto diversi anni prima, a cui sul momento non aveva dato alcun peso, ma che successivamente avrebbe citato varie volte nelle sue opere.

La prima sensazione di Cristiano fu una sorta di piacevole accettazione, come se la notizia gli arrecasse conforto. Quell'uomo aveva placato i suoi dubbi e scacciato le ombre sulla sua sanità mentale. Del resto aveva rievocato quei ricordi proprio per dimostrare la fondatezza delle sue ipotesi, ma saperlo con certezza era un'altra cosa. Si accarezzò la testa, come a cercare eventuali segni, punti di sutura o altro, ma era un'azione che aveva già compiuto migliaia di volte, ossessivamente, e senza risultati. Poi, negli istanti seguenti, si fece strada nella sua mente un notevole turbamento.

«Mi sono sottoposto a diverse risonanze, eppure non hanno riscontrato nessun corpo estraneo...»

«I microimpianti spesso sono troppo piccoli per essere localizzati dalla strumentazione standard in dotazione agli ospedali» proseguì il Cacciatore «ciò nonostante, noi ci basiamo proprio su quelle scansioni per poi prelevare le vittime di abduction. Di solito, infatti, non è la presenza di un corpo estraneo a testimoniare l'avvenuto contatto, ma piuttosto l'assenza inspiegabile di una lesione cronica precedentemente rilevata, o una guarigione spontanea, o al massimo una temporanea irregolarità delle onde teta in soggetti non affetti da alcuna patologia. Poi, nell'Installazione Alpha, li sottoponiamo ad analisi molto più sofisticate, in grado di individuare con precisione il manufatto alieno all'interno del cervello. Abbiamo provato molte volte l'estrazione, ma non appena veniva prelevato dal soggetto il microimpianto andava in una sorta di stasi. Il paziente invece ci rimetteva la vita o riportava gravi danni cerebrali, finendo in uno stato catatonico.»

Come in un gigantesco puzzle, pian piano tutte le tessere stavano tornando a combaciare nella giusta posizione. I suoi sospetti e le sue teorie trovavano conferma. «Quindi voi... la vostra organizzazione... va in cerca di persone che abbiano il microimpianto e le rapisce per fare degli esperimenti?»

«Più o meno. Questo modus operandi viene chiamato *la Caccia*... è qualcosa di molto complesso, come ti ho spiegato c'è dietro molto lavoro di intelligence e molte risorse.»

La fame di conoscenza del professore stava prendendo il sopravvento sui giudizi morali in merito al discutibile operato dei Cacciatori. «E cosa avete scoperto finora?»

«Tecnicamente, un disco e un microimpianto sono composti della stessa materia: nanomacchine molecolari di una complessità inimmaginabile. Durante l'abduction una parte del disco si stacca dalla struttura e si innesta nel cervello del prescelto, dove poi stabilirà legami con le sinapsi e inizierà a svolgere il suo compito, che varia da persona a persona. I microimpianti hanno dimostrato di avere effetti benefici sulla rigenerazione cellulare e anche di emanare un certo livello di radiazioni nell'ambiente circostante. C'è stato un caso di un tumore guarito dall'effetto di un microimpianto, ma ad avere quest'ultimo non era il malato, bensì la sua fidanzata. Marzia

De Carolis. Che, tra parentesi, ci è sfuggita... a quest'ora potrebbe essere coi Traditori.»

McGaulle strinse il pugno destro in un accesso d'ira, ma si placò subito.

«Inoltre, riguardo alla pietra nera che hai trovato nella caverna, quella che ti procurava dolore al solo toccarla...» continuò, mentre si toglieva l'anello al mignolo «si chiama *Xiniolite*. Ogni Cacciatore ha un anello come questo. La pietra contiene degli elementi radioattivi che sembrano interferire con il funzionamento dei microimpianti. Tutti gli addotti che vengono portati nell'Installazione Alpha, costruita sopra la più grande concentrazione di Xiniolite al mondo, cadono in coma a causa dell'eccesso di radiazioni. Ora pare aver perso completamente la sua radioattività. Prova.»

L'americano porse l'anello a Cristiano. Lui lo prese in mano, titubante, e lo osservò con attenzione.

«Avvicinalo alla testa.»

Fece come suggerito. Si aspettò di sentire quel doloroso sibilo di molti anni prima, ma non avvertì nulla. Almeno non era uno scherzo.

«Come è successo?» chiese, restituendogli l'anello.

«È dovuto, a quanto sembra, all'intervento di alcune persone che hanno interagito con degli *Artefatti* composti, anch'essi, della stessa materia dei dischi e dei microimpianti. La cosa è stata seguita da vicino dal dottor Alvarez, il capo dei Traditori, che evidentemente ci aveva nascosto alcune informazioni prima di fuggire. Adesso, quindi, gli addotti dell'Installazione Alpha si sono ripresi dal coma, pur avendo riportato dei danni che, da quel che risulta, i microimpianti non riescono a riparare. Forse per l'esposizione prolungata alle radiazioni della Xiniolite.»

«Affascinante...»

«C'è però una cosa su cui non hai ragione. E si tratta dell'origine di questi UFO, chiamiamoli così, e di conseguenza dei microimpianti stessi. Nei tuoi libri hai spesso ipotizzato che si debbano imputare a una avanzata civiltà antidiluviana, Mu, quella di cui parlano tanti antichi scritti; sarebbero poi stati trovati da qualche nazione o gruppo segreto che ne avrebbe carpito la tecnologia sfruttandola per i propri oscuri scopi. Dico bene?»

«Per quanto possa sembrare inverosimile sì, credo sia l'ipotesi più plausibile. O almeno credevo... immagino tu mi stia per rivelare come stanno realmente le cose.»

McGaulle fece un sorriso, poi prese la valigetta, l'aprì, estrasse una busta gialla e gliela porse.

Cristiano lo fissò un po' titubante, poi ne tirò fuori alcune foto che ritraevano qualcosa di difficile da decifrare in prima battuta. Pareva un'enorme caverna, o uno scavo di proporzioni mai viste, con una fioca illuminazione fornita da numerosi fari sparsi sui lunghissimi tralicci di ferro collegati in vari punti alle pareti. La mano umana era evidente sia nei macchinari sia nella conformazione della cavità. Nel centro, una colossale struttura cilindrica in parte sepolta nel terreno, di indubbia matrice artificiale vista la perfezione geometrica.

Dopo un istante di comprensibile paura, un misto di stupore e gioia si materializzò sul volto dell'ex professore. «Questo... cos'è?»

Ne osservò attentamente le dimensioni comparandole con le impalcature e i macchinari circostanti: doveva essere lunga svariate centinaia di metri. Inoltre, in alcune foto l'esterno di quella sorta di grattacielo conficcato nel terreno era totalmente nero, simil-metallico; in altre, invece, sembrava emanare luce di varia intensità.

«Quella è la cava che ti dicevo, dove si trova gran parte della Xiniolite del pianeta. La costruzione che stai vedendo, professore» gli rispose il Cacciatore dopo alcuni secondi «è chiamata il *Cilindro*. Si tratta, per quello che ne possiamo capire, di una gigantesca astronave aliena. Pochissimi l'hanno vista dal vivo. È composta dello stesso materiale di cui sono fatti i *microimpianti* e i *dischi*.»

«In... incredibile...» balbettò Cristiano a bocca aperta. Nonostante le dimensioni smisurate, quell'oggetto non aveva, per quanto poteva constatare, scanalature o deformazioni. Centinaia, se non migliaia di metri di superficie liscia. Qualcosa che andava oltre le possibilità di una manifattura umana, seppur evoluta.

«Attraverso la datazione radiometrica abbiamo stabilito che è atterrata, o precipitata, sulla Terra circa duecento milioni di anni fa. Ma la cosa più sconcertante è la sua età naturale, stimata in circa otto miliardi di anni.»

L'ex professore rimase immobile, col labbro inferiore leggermente tremolante. Ci mise alcuni secondi per visualizzare la cifra a livello mentale, cercando di contenere quella sensazione opprimente data dall'immensità della misurazione. «Mi stai dicendo... che ha quasi il doppio dell'età della Terra? Che esisteva da tre miliardi di anni prima della formazione del nostro Sistema Solare?»

«Anch'io ho avuto questa reazione nel momento in cui me l'hanno spiegato» rispose gongolando il Cacciatore «sono unità di tempo difficilmente comprensibili per la mente umana, ma questa è la verità. Può darsi benissimo che la civiltà che l'ha costruita a quest'ora non esista più, o che esista in qualche altro luogo, in qualche altra forma...»

L'uomo sembrò trasognato per qualche istante, poi continuò. «La cosa particolare è che non presenta alcun segno sulla superficie, come ti sarai accorto... tranne un piccolo punto che abbiamo raggiunto solo dopo molti sforzi.»

Cristiano guardava estasiato quella meraviglia.

«Nel momento in cui siamo riusciti a giungere all'apertura, che noi chiamiamo il *Varco*, il Cilindro ha iniziato a illuminarsi ritmicamente, come se stesse respirando. Il Varco è un tunnel cilindrico che termina dopo pochi metri in una parete all'apparenza liquida. Abbiamo provato in principio a mandare delle sonde robot per fare scansioni accurate, ma non appena varcavano la soglia del passaggio si disattivavano. Alcuni uomini hanno in seguito fatto un tentativo, ma a una decina di metri prima di arrivare al punto d'ingresso hanno cominciato ad avvertire una strana sensazione alla testa, come degli ultrasuoni, che avrebbero potuto provocarne la morte. Ed è la fine che ha fatto un *volontario*, diciamo così.»

Il risolino finale del Cacciatore inquietò Cristiano. Aveva capito benissimo che non si trattava di un volontario ed era quindi sempre più spaventato dal padre.

«Il Generale ha poi deciso di tentare con uno degli addotti. Il loro comportamento era in effetti diventato piuttosto strano: nonostante non parlassero e sembrassero quasi catatonici, erano costantemente attaccati alla porta delle loro stanze e talvolta tiravano dei colpi, come se volessero uscire. L'impressione era che il Cilindro li stesse in qualche modo... attraendo. Ne ha liberato uno e costui, senza conoscere affatto la base, si è diretto prima verso gli ascensori che conducono alla Culla, la parte più profonda dell'Installazione Alpha, e poi giù nello scavo dov'è situato il Cilindro. Era seguito e monitorato da numerosi uomini, ma pareva non calcolarli minimamente. Si è man mano avvicinato al Varco fino a pochissimi metri di distanza. La barriera, insormontabile per gli altri, su di lui non sembrava avere effetto. Senza dubbio c'entrava qualcosa il microimpianto»

«Quindi è riuscito a entrare?»

«No. Gli ordini di Stamphord erano di fare fuoco non appena avesse raggiunto l'entrata. Non potevamo permettere che una persona con delle facoltà inibite, senza la capacità di comunicare con l'esterno e ricevere istruzioni, fosse la prima a penetrare nell'astronave. Non abbiamo la minima idea di cosa, o chi, si possa celare all'interno... o di quello che avrebbe potuto combinare. Le conseguenze avrebbero potuto essere irrimediabili.»

L'ex professore rimase in silenzio per un paio di secondi. Quella conversazione poteva portare da una sola parte.

«Quindi... mi stai dicendo di...»

«Ti sto dicendo che l'onore di attraversare per primo il Varco è riservato a te.»

3
Sotto il ghiaccio

3.1

Nella fusoliera del cargo Starlifter si gelava. Cristiano si accorse del crollo della temperatura dopo un risveglio tutt'altro che piacevole. Si stropicciò gli occhi, ancora assonnato e indolenzito. Si guardò intorno e riconobbe McGaulle assieme a degli uomini, armati di tutto punto e abbigliati con quelle che a prima vista sembravano tute termiche dalle tinte camouflage bianco-grigio-nere.

«Ho freddo» si lamentò l'antropologo con voce roca «è possibile avere qualcosa da mettermi addosso?»

Uno dei soldati incrociò lo sguardo del Cacciatore: quando il cenno d'assenso arrivò, si alzò dalla panca e aprì un armadietto, estraendo un grosso piumino. Glielo lanciò in modo brusco senza dire nulla.

«Grazie» borbottò dopo averlo preso al volo «siete molto cortesi da queste parti.»

«Sei un ospite di riguardo, professore. Il figlio del capo. Dobbiamo darti le attenzioni che meriti» ribatté sarcastico l'americano.

«Potresti smetterla di chiamarmi profess...»

Il tentativo di replica fu interrotto da un sobbalzo dell'aereo, che lo fece trasalire. Per tre quarti del volo avevano solcato cieli tersi, attraversando interminabili distese candide. Ora la situazione era cambiata: a quanto sembrava erano incappati in una poco simpatica tempesta e il velivolo era scosso da turbolenze molto violente. Cristiano, in tutta la sua carriera, aveva sempre preferito tenere il più possibile i piedi per terra durante i suoi viaggi; quando era costretto a volare, portava con sé una boccetta di Valium e ne prendeva una ventina di gocce per allentare la tensione. Stavolta, però, si era scordato di metterla nello zaino.

«Quanto manca all'arrivo?» sibilò col fiato mozzato, in evidente stato di panico.

«Non ti preoccupare, ci siamo quasi» lo rassicurò il Cacciatore. Dopo aver detto quella frase, si sganciò la cintura di sicurezza e avanzò a tentoni verso la cabina di pilotaggio, reggendosi ad appigli improvvisati che trovava lungo il cammino.

Mentre i soldati guardavano davanti a sé con il volto di ghiaccio, in tono con il panorama esterno, Cristiano cercò di concentrarsi per carpire, sopra il fragore dei motori dell'aereo, le parole che si stavano scambiando McGaulle e i piloti. Da come gesticolavano e dalle espressioni del viso non sembravano di buonumore.

Dopo un paio di minuti l'americano tornò indietro.

«Cosa succede?» gridò l'ex professore per sovrastare il rumore di fondo «Cosa ti hanno detto?»

«Nulla di cui preoccuparsi» rispose, agitando la mano «stiamo solo attraversando una zona di bassa pressione. Tranquillizzati.»

Tranquillizzarsi... facile a dirsi. Nessuno lo sapeva, a parte la sua vecchia fiamma di gioventù, ma la sua paura per il volo derivava da una serie di incubi avuti da ragazzino riguardo a incidenti di vario tipo: aerei che precipitavano su di lui o sul suo palazzo, aerei su cui era imbarcato che si scontravano con altri aerei, o ammaravano, o si schiantavano al suolo. La cosa ebbe ripercussioni a livello conscio e inconscio e alla fine sfociò in una vera e propria fobia che riusciva a combattere solo con l'ausilio dei farmaci. Una dose del fidato Valium e via, anche un volo intercontinentale diventava una passeggiata.

McGaulle aveva appena finito di parlare che una violenta vibrazione scosse l'aereo. Cristiano si aggrappò con forza al sedile, ma stavolta sembrava peggiorare di secondo in secondo.

«Non dovrei preoccuparmi? Ne sei proprio sicuro?» strillò preso dal panico. Anche gli uomini della squadriglia, in quel momento, parevano aver perso parte della loro imperturbabilità e si irrigidirono sulle loro postazioni.

«Calmo, maledizione, stai calmo» lo ammonì il Cacciatore, in tono severo «ho fatto questo percorso decine di volte, è sempre successo. È fisiologico.»

Lui voleva credere alle parole di McGaulle con tutte le sue forze, ma le vibrazioni provocate dalla turbolenza gli risalivano le gambe con tanta veemenza da fargli scricchiolare le ossa del ginocchio. E per il suo menisco sinistro, rotto alcuni anni prima, non era certo un toccasana.

«Non pretenderai che io creda a una cazzata del genere!» continuò imperterrito l'antropologo, mentre i tremolii si facevano sempre più forti «Non è una situazione normale!»

«Guarda fuori dal finestrino e smettila di frignare, ormai ci siamo.»

Cristiano appiccicò la faccia all'oblò, cercando di mantenersi il più fermo possibile. La foschia si era diradata, mostrando un'ampia vallata color panna candida, inframezzata qua e là da piccole vette montuose; più avanti si scorgeva nitidamente quella che doveva essere una pista d'atterraggio, con ogni probabilità ripulita per l'occasione visto il netto contrasto con la quantità di neve circostante, delimitata ai lati da luci di segnalazione. In lontananza, prima di una grossa catena di monti, si intravedeva un insediamento umano formato da casupole sommerse dalla neve e macchinari all'apparenza dismessi.

«La base M220, la spedizione scientifica che ha, per puro caso, scoperto tutto. Ufficialmente si è conclusa sei anni fa.

Infatti in superficie non è rimasto nulla, se non qualche cupola geodetica abbandonata.»

Mentre l'ex professore osservava il complesso, le vibrazioni pian piano diminuirono. L'aereo aveva iniziato la manovra di discesa. Strinse fortissimo la cinghia, pregando un dio in cui non aveva mai creduto di atterrare sano e salvo.

3.2

Dopo un atterraggio da manuale, Cristiano si preparò mentalmente a scendere dall'aereo e al conseguente impatto con la terrificante aria antartica. Lui amava i climi tropicali, il caldo torrido, a modo suo anche l'afa: quello era senza dubbio l'ultimo luogo al mondo dove avrebbe voluto trovarsi. Il termometro del velivolo segnava meno trenta gradi... solo nei suoi incubi peggiori aveva osato immaginare l'effetto di una temperatura del genere sui suoi poveri polmoni. Si figurava stalattiti di ghiaccio dal naso, labbra scorticate, mani congelate...

«I cingolati, due Bandvagn 206, ci porteranno alla base. Tra una decina di minuti sarai al calduccio» ironizzò McGaulle, notando come Cristiano tentasse di stringersi nel piumino «e potrai berti una tazza di cioccolata. O forse no, potrebbe essere terminata, ma non preoccuparti, tra qualche ora dovrebbe arrivare un carico di rifornimenti.»

Quando si aprì il portellone dell'aereo, una folata di aria gelida colpì in pieno l'ex professore. Per fortuna i due cingolati erano a poche decine di metri, non credeva di poter resistere oltre il minuto a quella temperatura. Corse verso la scaletta del mezzo più vicino e vi si aggrappò alla bell'e meglio, salendo più in fretta possibile. Entrato nella cabina del Bandvagn gli parve di essere sopravvissuto all'inferno: si sedette su una panca e si soffiò sulle mani forsennatamente, come fossero assiderate.

«Sarai rimasto fuori dieci secondi» lo schernì il Cacciatore, montato a bordo subito dopo di lui «e sembri di ritorno da una spedizione sull'Himalaya.»

«Se avessi una delle vostre tute termiche, magari! Facile parlare per voi, eh?»

L'americano continuò a fissarlo per qualche secondo, sorridendo. Poi scosse la testa e gli si sedette a fianco.

Dopo una ventina di minuti di sobbalzi, i cingolati arrivarono a uno spiazzo antistante alle casupole dell'installazione M220. Cristiano si preparò a dover subire per la seconda volta la botta di freddo, invece, nonostante i secondi passassero, il Cacciatore e tutti gli uomini erano fermi ai loro posti. Nessuno scendeva dai veicoli. Quando fece per chiedere spiegazioni, sentì dei rumori metallici e avvertì un movimento discensionale. Si sporse verso un finestrino e realizzò che si trovavano sopra una grossa piattaforma che li stava trasportando nel sottosuolo.

«Benvenuto nell'Installazione Alpha» disse McGaulle con un ghigno soddisfatto.

Scesero dai mezzi dopo una discesa di circa cinque minuti. Appena poggiò gli scarponi luridi, retaggio dell'epoca gloriosa delle sue spedizioni, sul pavimento di materiale indefinibile, Cristiano si diede un'occhiata intorno. Le pareti di roccia si alternavano a una fitta rete di cunicoli scavati all'interno, percorsi da personale tecnico e militare.

«Questo è il livello uno. Qui siamo a circa seicento metri di profondità. È la zona dormitorio per tutto lo staff della base, oltre a essere adibita principalmente a magazzino per le derrate e le strumentazioni.»

La faccia sbalordita dell'antropologo parlava da sola. «Davvero una costruzione notevole...»

Il Cacciatore sorrise. «Il meglio deve ancora venire. Ora seguimi, ti mostro la tua stanza, dove potrai riposarti e rifocillarti. E magari darti una sistemata... da quanto tempo non ti fai la barba? Sembri quasi un talebano...»

Lui non rispose. Avrebbe voluto controbattere, ma era troppo preso da altri pensieri.

«Attendi la convocazione» continuò McGaulle «tra poco conoscerai tuo padre.»

3.3

«Tutto bene là fuori? C'è una bella tempesta a quanto vedo...»

Dalla sala controllo, l'addetto alle comunicazioni Jared Philips stava seguendo con aria annoiata il recupero dei rifornimenti. La grossa console, scarna ma funzionale, era collegata con una videocamera a lungo raggio situata all'esterno di una casupola dell'insediamento abbandonato e ne riportava le immagini sul maxischermo alla sua sinistra; lo scanner termico sotto la camera trasmetteva invece su quello a destra, rivelando quanti fossero effettivamente gli occupanti dei veicoli. Una misura di sicurezza ulteriore, implementata subito dopo la costruzione dell'Installazione Alpha. L'aereo era arrivato in perfetto orario, stranamente: di solito un ritardo di almeno mezz'ora era la norma.

Jared, ex Cacciatore, aveva scelto di buon grado di riciclarsi in un ruolo meno impegnativo dopo essere stato ferito alla tempia destra da un proiettile che solo per miracolo non aveva raggiunto l'occhio: una grossa e antiestetica cicatrice era sempre lì a ricordargli quanto se la fosse vista brutta. Era la prima missione ufficiale contro un gruppo di Traditori...

L'arrivo di approvvigionamenti freschi era per lui motivo di festa: goloso da sempre, doveva fare i conti con le ovvie privazioni derivanti dal trovarsi in una base sperduta in mezzo ai ghiacci perenni antartici. La mancanza del livello di attività fisica di un tempo, però, lo aveva fatto lievitare dai suoi ottanta a quasi cento chili. Dava la colpa all'età che avanzava, al metabolismo rallentato, ai cibi liofilizzati con molti carboidrati... in realtà spazzolava la razione di due persone e mezzo, in media. Questa volta, tuttavia, non era contento come al solito: il suo amato cioccolato fondente non sarebbe arrivato. C'era stato un errore con gli ordini e il lotto non era stato preparato.

«Jared, vecchio panzone!»

Ruotò sulla sedia girevole con fare annoiato. Sulla soglia della piccola sala Harvey Specter lo guardava con un sorriso canzonatorio. Aveva con sé uno zainetto verde.

«Harvey? Che ci fai qui? Ti hanno degradato?» disse con una risata un po' forzata. Fece per alzarsi, ma il Cacciatore gli si avvicinò per primo e gli mise le mani sulle spalle. «Sta' buono e fai il tuo lavoro... ho un regalo per te.»

Detto questo diede un'occhiata a destra e sinistra mimando uno sguardo sospettoso, poi aprì lo zaino e ne estrasse una tavoletta di cioccolato. «Il tuo compleanno era ieri, giusto? Beh, auguri in ritardo!»

Le pupille di Jared si dilatarono come quelle di un gatto quando vede la preda. «Ma dai... grazie! Mi hai reso un uomo felice!»

Scartò la confezione in un secondo e addentò voracemente il cioccolato. Sullo schermo, intanto, le sagome dei cingolati erano sempre più nitide.

«Stanno arrivando i rifornimenti?» chiese Harvey, senza staccare gli occhi dal monitor.

«Sì sì!» biascicò l'altro con la bocca piena «Ma niente cioccolata stavolta, ero già in lutto! Per fortuna mi hai salvato.»

Harvey sospirò e strinse le labbra. Mentre Jared si puliva le dita con un fazzoletto, estrasse lentamente una pistola con silenziatore dallo stesso zainetto da cui aveva preso il goloso regalo.

«Scusa, vorrei ci fosse un altro modo.»

L'addetto alle comunicazioni fece in tempo a girarsi e ad accorgersi della canna dell'arma, ma non a pensare a una possibile reazione perché il proiettile gli aveva già trapassato il cranio, schizzando di sangue la console.

I minuti seguenti sarebbero sembrati secoli. Harvey visualizzò mentalmente le azioni successive, ripassate più e più volte nelle settimane precedenti, da quando l'assalto era stato progettato: *aspettare che i cingolati si posizionino sulla piattaforma – far scendere la piattaforma – indossare i visori notturni – far detonare le cariche piazzate sul quadro elettrico della sala controllo e sul generatore ausiliario al secondo piano.*

Nello stesso momento la porta automatica della stanza in cui aveva trovato alloggio Cristiano si aprì. Era McGaulle, assieme a due uomini con maglietta attillata nera, pantaloni mimetici da neve e anfibi.

«Vedo che ti sei fatto la barba...»

In effetti l'antropologo aveva fatto del suo meglio per rendersi un minimo presentabile.

«E i vestiti? Ti stanno bene?»

Nell'armadio a parete erano state approntate diverse paia di pantaloni con maglie abbinate, grossomodo regolate sulle possibili taglie dell'ex professore. Alla fine aveva indossato una felpa grigiastra e dei jeans neri.

«Mai provati dei pantaloni che mi calzassero così a pennello» rispose sforzandosi di sorridere, nonostante la situazione inquietante. Cazzo, si trovava in una base sotterranea in Antartide, avrebbe visionato informazioni classificate a chissà quale livello di segretezza e le sue teorie, forse, avrebbero trovato conferma... per di più il capo di quell'ambaradan era suo padre! Avrebbe voluto vedere la faccia dei suoi ex colleghi se fossero venuti a conoscenza di tutta quella vicenda. Cosa ovviamente impossibile, gli suggerì all'istante la sua parte razionale.

«Forza, andiamo. Il Generale è impaziente di incontrarti. E di mostrarti l'essenza di questa base.»

Il gruppo attraversò i lunghi corridoi esagonali che conducevano all'ascensore centrale. Cristiano notò come, pur essendo per la maggior parte molto stretti per ovvi motivi di difficoltà di costruzione (si trovavano pur sempre centinaia di metri sottoterra), la loro struttura fosse tale da non risultare per nulla claustrofobica, anzi. Il materiale di cui erano composti, dall'aspetto simile al polistirolo, a quanto gli avevano spiegato era funzionale a garantire il massimo dell'isolamento termico: senza quello, la quantità di energia necessaria a mantenere una temperatura accettabile in tutta l'Installazione sarebbe stata ingente. Uno spreco inutile.

«Il Generale... mio padre... che persona è? Parla italiano?»

«Anche meglio di me. Ed è un uomo eccezionale, è stato il più giovane in assoluto nella storia dell'esercito a guadagnare il grado di generale. Ma te ne renderai conto da solo.»

L'antropologo rimase in silenzio qualche secondo, poi continuò. «Quanto tempo c'è voluto per costruire tutta questa base?»

«Meno di quanto pensi» rispose enigmatico McGaulle «del resto, quando hai a disposizione risorse praticamente illimitate, anche l'impossibile diventa possibile.»

«E quanti uomini vi sono impiegati?» chiese, vedendo il gran numero di persone che camminavano avanti e indietro. A dirla tutta, aveva visto quasi solo due categorie di individui: o militari, vestiti con la stessa divisa mimetica dei suoi accompagnatori, o presunti dottori/scienziati in camice bianco intenti a discutere ed esaminare cartelle.

«Al momento trecentoundici tra Cacciatori e operativi, e novantasei tra ricercatori e personale di servizio. Oltre a sedici addotti.»

«Quindi avete portato qui le vittime di abduction?»

McGaulle abbozzò una risatina. «Quante domande... presto avrai tutte le risposte.»

Giunti davanti all'ascensore principale Cristiano aspettò fremente l'apertura delle porte. Entrò per primo, ma poi girandosi vide che i suoi accompagnatori non l'avevano seguito.

«E voi? Non venite?» chiese con stupore.

«No. Il Generale non fa accedere quasi nessuno alla Culla. E credo che adesso voglia avere un dialogo riservato con te.»

L'ex professore rimase un po' perplesso, mentre le porte dell'ascensore si chiudevano davanti a lui.

La discesa durò dieci minuti circa: dieci minuti in cui il cervello di Cristiano elaborò un milione di pensieri e fantasie. L'adrenalina a mille, l'eccitazione mista a paura mista a sgomento mista a gioia, tutto contribuiva ad alimentare la sua smania di disegnare scenari e azzardare ipotesi su quello che lo circondava.

L'ascensore si fermò e le porte si aprirono nel silenzio più assoluto. Si ritrovò in una stanza completamente vuota, dalla forma esagonale. Dopo qualche secondo, a terra comparve un cerchio rossastro brillante.

«Mettiti lì sopra» tuonò una voce nel locale. Apparentemente non c'era alcuna fessura o altoparlante, quindi non riusciva a capire da dove provenissero quelle parole. Fece come ordinato, fidandosi, e un rapido lampo lo illuminò dal basso verso l'alto. La luce rossa circolare sparì e la porta di fronte a lui si aprì.

Entrò, con passo cauto, in una enorme camera buia. Le pareti erano, da quello che si poteva intravedere, come delle saracinesche. In fondo, quella che sembrava a prima vista una scrivania e un uomo seduto dietro di essa.

«Vieni, Cristiano.»

L'antropologo si avvicinò titubante.

Il Generale Stamphord toccò un angolo a destra di quello strano scrittoio, a quanto pareva un ripiano touch screen, e una fioca luce si irradiò verso l'alto, illuminando il volto di quell'uomo misterioso. L'ex professore notò subito il taglio degli occhi e il colore dell'iride: nero profondo, quasi un tutt'uno con la pupilla. Troppo simili ai suoi per essere una coincidenza.

«Ehm... ecco...» balbettò imbarazzato, non sapendo quale appellativo usare con lui. Non osava chiamarlo *papà* né tantomeno avvicinarsi per un abbraccio o un qualsivoglia contatto fisico. Ne era troppo intimorito.

«Mi dispiace di non esserti stato vicino durante la tua infanzia» affermò il Generale in tono tutt'altro che affettuoso «ma non ti ho dimenticato. Come ti avrà detto McGaulle, nonostante avessi già una moglie a Boston, la mia città natale, ho continuato a mandare soldi a tua madre per parecchi anni. E ho anche organizzato la messinscena della borsa di studio per permetterti di frequentare l'università. Credo di aver fatto abbastanza.»

Cristiano lo fissò per un istante negli occhi, poi abbassò lo sguardo. Il risentimento covato per tanto tempo si era già affievolito quando era venuto a sapere del suo contributo economico alla sua crescita e adesso stava nascondendo per bene quel poco che ne restava, schiacciato dal senso opprimente di inquietudine e al contempo di ammirazione: aveva di fronte colui che era a conoscenza dei più grandi segreti del pianeta, di cui lo avrebbe presto reso partecipe.

«Guarda» gli disse aprendo un piccolo portagioie, l'unico oggetto appoggiato sulla scrivania. Ne estrasse un pezzo di pietra nera. «La riconosci?»

La spedizione in Amazzonia, l'anello di McGaulle... «Si chiama Xiniolite, giusto?»

«Esatto. Qui sotto c'è il più grande giacimento del mondo. L'avamposto M220 era una stazione di rilevamento sismica, doveva servire a raccogliere informazioni sui movimenti anomali della faglia. Dopo alcuni valori inspiegabili delle onde radio UWB, abbiamo deciso di indagare approfonditamente e iniziare degli scavi. Ecco cosa abbiamo scoperto...»

Cominciò a digitare quello che sembrava essere un codice sul piano touch screen della scrivania, poi vi poggiò sopra il palmo per la conferma digitale dell'impronta.

L'antropologo sentì il tipico rumore di qualcosa che viene sbloccato. La parete ovest prese a sollevarsi, confermando la sua sensazione iniziale di trovarsi di fronte a una saracinesca. Man mano che questa si alzava, un forte fascio di luce illuminava sempre più la stanza fino a svelare la vera natura di ciò che lo attendeva al di là del vetro.

«Quindi... è questa...»

Con la bocca spalancata, le mani che tremavano e il cuore in subbuglio, Cristiano stava cercando di decifrare le immagini che il nervo ottico stava trasmettendo al suo cervello. Le foto non rendevano minimamente l'idea della maestosità di quello che aveva davanti. Uno spazio gigantesco, scavato artificialmente e illuminato da grossi fari, con quello che doveva essere...

«Il Cilindro… quello è il Cilindro?»

Dentro di sé sapeva già la risposta. Quell'imponente oggetto conficcato nel terreno, delle dimensioni di un grattacielo solo nella parte che sporgeva, non poteva appartenere a questo mondo. Una struttura artificiale di quella grandezza e così geometrica, precisa, lineare, era incompatibile con le conoscenze scientifiche umane.

«Incredibile...» balbettò con un filo di voce «una tecnologia aliena capace di fare ciò deve esserci infinitamente superiore... e il relitto che ho trovato nella caverna?»

Il Generale si alzò in piedi e gli si avvicinò, piazzandosi davanti al vetro con le mani dietro la schiena. Cristiano notò che era davvero in forma per avere presumibilmente una sessantina abbondante d'anni. Più di lui senza dubbio.

«Quello, i microimpianti, tutto... è tutto composto della stessa materia. È tutto parte di questa nave.»

Suo figlio era estasiato. Aveva le labbra praticamente attaccate al vetro e tentava di cogliere ogni dettaglio di quell'immenso artefatto.

«Da qui non puoi vederla, ma abbiamo scoperto un'entrata. L'abbiamo chiamata il *Varco*. Penso te l'abbia già detto McGaulle.»

A un certo punto l'intera nave pulsò di una luce biancastra. Durò il tempo di un battito di ciglia.

«Cosa... cos'è stato?» chiese sbalordito l'ex professore, dimenticandosi per un attimo la domanda che stava per fare sul Varco.

«È cominciato qualche settimana fa. Prima queste pulsazioni si verificavano solo una volta al dì, ma col passare dei giorni si sono intensificate... ora siamo a circa una ogni quaranta minuti.»

«E cosa può significare?»

Il Generale sorrise, per la prima volta, e allungò la mano sinistra sulla sua spalla. «Questo dovrai scoprirlo tu.»

4
L'assalto

4.1

Ore 12:29

Il personale dell'Installazione Alpha non prestò particolare attenzione alla discesa dei cingolati sulla piattaforma. Era una prassi ormai collaudata quella dell'arrivo degli approvvigionamenti il primo giovedì del mese. Perfino gli uomini che uscivano coi veicoli a raccogliere la merce dal cargo erano sempre gli stessi. E Harvey Specter confidava proprio in questo, così nessuno avrebbe notato, nei secondi precedenti l'inizio del piano, che c'era qualcun altro al posto dei soldati dell'Installazione rimasti cadaveri attorno all'aereo.

Nel momento in cui la piattaforma arrivò a combaciare col livello del pavimento tutte le luci si spensero. In contemporanea si udì uno scoppio provenire da una delle sale più interne della base.

Dai cingolati Bandvagn scesero, secondo la formazione stabilita, i sedici Traditori impegnati nella missione. Fucili in mano ed equipaggiati con visori notturni, iniziarono a falcidiare tutti quelli che si muovevano di fronte a loro. I soldati e i Cacciatori erano completamente spaesati: il generatore d'emergenza avrebbe dovuto ripristinare l'illuminazione dopo pochissimi secondi, ma a quanto pareva non funzionava. Forse quello scoppio era avvenuto proprio nella stanza del generatore ausiliario.

Robert, al comando del gruppo, dava istruzioni ai suoi uomini senza emettere un fiato, per evitare che le voci potessero fornire un indizio sulla loro posizione ai nemici, ai quali non restava altro da fare che sparare a casaccio e cercare ripari di fortuna tastando le pareti al buio. La più vicina stanza con gli armamenti, provvista di visori notturni, era irraggiungibile senza luce.

La formazione era compattata attorno al dottor Alvarez e a Marzia, i membri più importanti per la missione. La ragazza era rigida, aveva le gambe pesanti e la respirazione spezzata tanto che stava correndo quasi in apnea, e vedere tutto verdastro a causa degli infrarossi non era certo di aiuto. Sentiva una tensione indicibile, peggiore di quanto preventivato, anche se mitigata dalla vicinanza di Robert, che le stava spalla contro spalla e non la perdeva di vista un istante. Udiva urla di morte e fischi di proiettili... era tutto vero, tutto reale. Degli uomini stavano morendo sotto i suoi occhi.

«Marzia, mi senti? Respira!» le urlò Robert mentre vomitava scariche di pallottole contro i nemici rimasti più esposti «Respira e seguimi!»

Lei inspirò e cercò di farsi forza. Ora dovevano procedere. Il commando si sarebbe diviso in quattro gruppi: i primi tre sui tre piani principali, mentre il quarto, composto da Robert, Marzia e il dottore, avrebbe dovuto raggiungere l'ascensore centrale e scendere fino alla Culla, dove si trovavano Stamphord e il Cilindro. Tutti gli altri ascensori erano stati disabilitati da Harvey, che aveva fatto esplodere il quadro comandi, ma quello principale era alimentato da un motore autonomo.

«Tutto a posto?» le sussurrò mentre correvano Robert, intento a sparare a qualunque cosa si muovesse. Il cenno d'assenso della ragazza lo rassicurò, e l'ascensore centrale era ormai di fronte a loro. Stavano per farcela.

4.2

Cristiano guardava interdetto il suo genitore.

«Sei preoccupato?» chiese il Generale.

«No... non so, è che...» balbettò, cercando le parole «è tutto così improvviso, così incredibile...»

L'ex professore si rese conto che il timore e la tensione che lo attanagliavano appena arrivato all'Installazione avevano pian piano ceduto il passo al desiderio di saperne di più su quell'oggetto misterioso. Non aveva più paura all'idea di entrare, *voleva* entrare. Sentiva proprio una pulsione, una voglia quasi irrazionale. Un derelitto come lui avrebbe avuto l'onore di incontrare una forma di vita aliena... o qualsiasi altra cosa ci fosse a bordo.

Stamphord gli mise la mano su una spalla. «Vuoi la verità? Ti invidio. Da sempre mi immaginavo io per primo all'interno del Cilindro, a sondarne gli inafferrabili misteri... e a farlo innalzare al cie...»

Improvvisamente, dalla scrivania del Generale si propagò una luce rossastra. Lui si girò a guardarla, rimase in silenzio qualche istante e poi scosse la testa. «Prevedibili.»

Toccò un paio di volte alcuni punti dello schermo. «Ora non ci resta che aspettare. Tempismo perfetto.»

«Che cosa è successo?» chiese Cristiano, notando un ghigno appena accennato sul volto del padre.

Stamphord tornò vicino al vetro e unì di nuovo le mani dietro la schiena, in contemplazione. «Tempo fa, uno scienziato di questa Installazione, tale Jaime Alvarez, fuggì da un giorno all'altro assieme a quattro Cacciatori. È stato il mio più grande errore non prevedere quest'evenienza... è vero che c'erano spesso litigi tra lui e il dottor Cooper, ma pensavo fossero semplici beghe tra accademici.»

Cristiano lo ascoltava, ma era come se la sua voce si stesse progressivamente affievolendo. I suoi pensieri erano concentrati su quel *compito* che avrebbe dovuto assolvere.

«Dopo la loro fuga, ci misero i bastoni fra le ruote svariate volte in operazioni di recupero, tanto che mi convinsi di una cosa: dovevano per forza avere una talpa, un *inside man* che li aiutava da qui dentro. Non poteva essere altrimenti. E presumibilmente, sarebbe arrivato il giorno in cui avrebbero tentato di tornare per... destituirmi? Salvare gli addotti? O chissà cos'altro.»

Fermezza e tranquillità. Questo trasudava dalle parole del Generale, tipico del classico uomo tutto d'un pezzo. Il figlio pensò che sotto quell'aspetto non gli assomigliava per nulla, emotivo e irascibile com'era.

«Ogni primo giovedì del mese arriva un cargo coi rifornimenti. Quale occasione migliore per penetrare nella base? Tanto più che il Cilindro ha iniziato a brillare. Non mi è mai piaciuto scommettere, sono uno che sfrutta la logica e agisce di conseguenza, ma questa volta c'avrei azzeccato alla grande.»

«Quindi, aspetta... mi stai dicendo che...»

«Sì, che siamo sotto attacco. Ma hanno fatto i conti senza l'oste.»

In effetti sembrava tutto troppo semplice. Vero è che il piano d'azione era stato studiato fin nei minimi dettagli: staccando l'alimentazione al generatore principale e a quello ausiliario, tutti gli ascensori tranne quello centrale si sarebbero disattivati lasciando i soldati e i Cacciatori del secondo e terzo piano isolati. Affrontando quindi solo chi era presente al primo piano, le chance di successo sarebbero state decisamente più alte. Anche così, però, c'erano molti meno nemici del previsto. I sospetti si trasformarono in certezze quando si accorsero che l'ascensore centrale non funzionava. Era bloccato.

«Cazzo, cazzo! Non è possibile» urlò Robert, digitando come un forsennato sul pannello «È alimentato autonomamente! Funge anche da uscita di emergenza...»

All'improvviso, i visori a infrarossi riflessero una luce abbagliante. «Toglieteveli, cazzo!» sbraitò ai suoi uomini. Ognuno di loro gettò il proprio a terra e così tutti videro, con sconcertante sorpresa, che le luci erano tornate. In quel brevissimo lasso di tempo, i soldati che si erano rifugiati dietro angoli o cassoni iniziarono a vomitare una tempesta di proiettili in direzione del gruppo, che si trovava al centro del mirino senza alcuna copertura. «Stai giù!» gridò Robert lanciandosi su Marzia e facendole scudo col corpo. In quel momento la ragazza sentì un sibilo e subito dopo un lamento trattenuto a stento dall'uomo: era stato colpito nella zona della clavicola, proprio nel punto in cui il giubbotto antiproiettile lo lasciava scoperto. Colma di terrore vide i suoi compagni cadere uno dopo l'altro mentre tentavano di opporre una strenua resistenza.

«Robert! Rob...»

Uno degli ascensori, che distava una decina di metri, si aprì e ne uscirono cinque uomini ad armi spianate. «Fermi! Fermi, cazzo! Fucili a terra!»

Non era andata come previsto.

4.3

Robert, Marzia e il dottor Alvarez si trovavano
sull'ascensore centrale, come da piano originario, e stavano
scendendo verso la Culla.

Non avrebbero, però, piazzato il C4 sulla paratia che
conduceva alla sala di comando di Stamphord dopo aver eluso
lo scanner preventivamente disabilitato da Harvey; non lo
avrebbero fatto prigioniero, interrogato, torturato o Dio solo sa
cos'altro. In compenso, avevano intorno a loro nove
accompagnatori indesiderati, vestiti con pantaloni militari
grigio-bianchi e anfibi, i quali gli puntavano addosso gli AK-47
e i Beretta ARX in dotazione.

Quando le porte si aprirono, nella sala della scansione si
illuminarono dodici cerchi. I soldati intimarono senza mezzi
termini al trio di Traditori di posizionarsi ognuno su un cerchio.

I prigionieri, scortati dagli uomini dell'Installazione,
entrarono nel salone della Culla ora illuminato dalla luce dei
fari dello scavo.

«Benvenuti» esordì Stamphord, mentre un ghigno sinistro si
disegnava sul suo volto, espressione di malvagità e
compiacimento «vi starete chiedendo come mai il vostro piano
eccezionale non abbia funzionato, giusto?»

Cristiano, al suo fianco, diede solo un'occhiata di sfuggita al
gruppo, quasi non gli interessasse. Non se lo sapeva spiegare,
ma la sua attenzione era sempre più calamitata dall'astronave,
come se tutti gli altri pensieri scivolassero via man mano per

lasciare spazio esclusivamente al Cilindro. Un istante dopo, però, girò di nuovo la testa e gli occhi gli caddero su una ragazza dai capelli castani corti, l'aria sconvolta forse per lo scontro a fuoco. Si stupì ancora di più quando anche lei, con un'espressione interdetta, ricambiò il suo sguardo. Non si erano mai visti, ma era come se, in un certo senso, si *conoscessero* già.

Robert rivolse al Generale un'occhiata colma d'odio. «Un generatore aggiuntivo che bypassa gli altri due, immagino... magari installato qui.»

«Era più che ovvio che prima o poi avreste tentato di dare l'assalto all'Installazione, al luogo che vi ha donato così tanto...» rimarcò l'uomo «com'era ovvio che qualcuno vi stesse aiutando dall'interno e probabilmente vi avrebbe avvisati del mutamento luminoso del Cilindro. Quale migliore occasione, dunque, per cercare di penetrare nella base con l'arrivo del cargo?»

«Stamphord, fermati, dannazione» si intromise il dottor Alvarez «non abbiamo idea di...»

«Silenzio, dannato codardo!» urlò il Generale furioso. Come un riflesso condizionato, il soldato più vicino diede al prigioniero un colpo sulla schiena col calcio del fucile. Lo scienziato si piegò sul ginocchio destro, con il volto contratto dal dolore.

«Se fossi rimasto qui con noi, invece di scappare con quei pagliacci...»

«Ora condivideresti la gloria di ciò che scopriremo!» echeggiò una voce alle loro spalle. Era il dottor Cooper, appena sceso dall'ascensore, che fissava sprezzante il suo ex collega a terra. Camminò lentamente verso la paratia e vi si appoggiò con la schiena, incrociando le braccia. «Dì la verità, tutte quelle fisime etiche erano cazzate, vero? Sei sempre stato geloso del mio lavoro, dei miei successi...»

Si passò la mano fra i capelli unti e pieni di forfora, con aria soddisfatta. Vederlo lì esangue e prossimo a una morte certa era qualcosa che aspettava da tempo.

«Che idiota che sono stato...» tossì Alvarez «a credere che l'uomo potesse gestire un tale potere... soprattutto quando è rappresentato da gente come voi.»

Il Generale si avvicinò a passi lenti al gruppo. «Robert, bisogna dire che ti trovo in forma» disse rivolto all'ex Cacciatore, squadrandolo da capo a piedi. Poi allungò la mano verso un soldato, il quale gli diede la sua pistola. Con assoluta naturalezza, la puntò al ginocchio del prigioniero e fece fuoco.

Robert cadde al suolo digrignando i denti allo spasimo. Stava facendo di tutto per non urlare, non voleva dargli questa soddisfazione.

«Ora un po' meno. E invece questa ragazza? Chi è?» aggiunse, studiando Marzia dopo aver restituito la pistola al soldato. Anche lei, nel frattempo, sentiva qualcosa di strano nella sua testa: percepiva un distacco sempre maggiore da ciò che le accadeva intorno, la paura e lo smarrimento diminuire sempre più. Tutte le preoccupazioni su cosa ne sarebbe stato di lei si stavano dissolvendo. Era come se ogni singolo pensiero che non riguardasse il Cilindro si sgretolasse prima ancora di rendersi nitido.

«Signore, dovrebbe essere Marzia de Carolis» rispose uno degli uomini, un Cacciatore visto l'anello che portava al dito «la compagna di Enrico Brambilla...»

Stamphord fece una faccia stranita, guardando il dottor Cooper. «Quello portato qui due mesi fa per errore. Era guarito da un tumore, ma era senza microimpianto. Ne deducemmo che ce l'avesse la fidanzata, la signorina qui presente. E se l'hanno fatta venire qui con loro, presumo che avessi ragione.»

Nel sentire il nome di Enrico, per un attimo la ragazza sembrò destarsi da quello stato contemplativo. «Dov'è? Sta bene? Voglio vederlo!»

«L'erba *voglio*, mia cara» replicò Stamphord, accarezzandole i capelli «cresce solo nel giardino del re, al massimo del Generale...»

Lei si spostò disgustata.

Il Generale storse la bocca, poi osservò il sofferente Robert e il dottor Alvarez. «Quindi l'avete portata qui per farla entrare nel Cilindro, suppongo, sapendo che solo i portatori di microimpianto riescono a oltrepassare il Varco. E va bene. Andate a prendere» ordinò ai suoi uomini «questo Enrico Brambilla.»

Due soldati si voltarono immediatamente e puntarono verso l'ascensore, diretti verso il terzo piano.

«Cos'hai intenzione di fare?» gli chiese Alvarez «Vuoi altri innocenti sulla coscienza? Non ti bastano tutti quelli che hanno perso la vita finora?»

Thomas Stamphord scosse la testa. «Sei stato anni qui con noi, hai condiviso tutto, ma parli ponendoti su un piedistallo morale che non ti meriti.»

«Io avevo altre motivazioni! Tutti noi ce le avevamo, anche tu!» ribatté inviperito il dottore, le vene del collo tirate. Poi indicò il Cilindro. «Questo... questo è conoscenza, è possibilità di sondare i misteri dell'universo, è una speranza per l'umanità, non qualcosa a cui l'umanità va sacrificata! Hai dato modo a quel macellaio di fare quello che voleva!»

Il dottor Cooper fece una risata da psicopatico. «Scienza, mio caro, solo scienza. La ricerca ha sempre avuto un prezzo... una nutria, un cane, una scimmia o un uomo, non fa differenza.»

Stamphord alzò la mano destra a placare la discussione. «Mettetegli una benda a questo qui, prima che muoia dissanguato» disse ai suoi uomini riferendosi a Robert «e Jaime, sono loro ad averci sottoposto a un test. Pensa agli Artefatti e alla Xiniolite. Pensa a questa storia della luminescenza, al fatto che non possiamo avvicinarci. Prove, Jaime, sono prove. Vogliono sondare le nostre capacità, capire se siamo degni di ricevere la conoscenza. Noi, come specie, come *homo sapiens sapiens.*»

Qualche istante dopo, le porte dell'ascensore si aprirono nuovamente. I due soldati uscirono portando sottobraccio un uomo molto alto che zoppicava. Indossava un camice simil-ospedaliero e un paio di ciabatte, e lo sguardo basso e remissivo testimoniava una permanenza nell'Installazione Alpha non certo piacevole.

«Enrico!» urlò Marzia, lanciandosi verso di lui. I militari, però, la bloccarono immediatamente.

«Ma... Marzia?» sibilò con un filo di voce, evidentemente spaesato «Marzia... cosa succede? Che ci fai qui?»

«Ok, basta così, non c'è tempo per siparietti commoventi» tagliò corto il Generale «visto che sei venuta fin qui per entrare nel Cilindro, non voglio certo privarti di questo onore. Il ragazzo qui presente sarà garanzia contro ogni genere di stupidaggine.»

I soldati portarono due tute bianche di plastica con delle grosse visiere trasparenti a coprire il volto. Sembravano quelle utilizzate negli ambienti a rischio biologico o nelle zone radioattive. Inoltre, degli zaini che contenevano delle bombole d'ossigeno.

«Prendiamo tutte le precauzioni del caso, non preoccupatevi» li rassicurò Stamphord mentre i militari aiutavano i due futuri esploratori nella vestizione «siccome l'apparecchiatura elettrica all'interno non funziona, non abbiamo potuto prelevare alcun dato su aria, pressione e presenza di contaminanti o radiazioni. Questi respiratori meccanici garantiranno ossigeno per circa due ore dentro le tute, direi che come prima visita sono più che sufficienti. E quest'orologio vi informerà sull'orario.» Un soldato mise attorno al polso di Cristiano, sopra la tuta, un enorme, grezzo orologio di metallo. «Si ricarica con il movimento.»

«Come un Rolex...» replicò l'antropologo, ripensando al suo Daytona a casa e chiedendosi quando (e se) l'avrebbe rivisto «ma cosa intendi per prima visita?»

«L'obiettivo fondamentale è raccogliere più informazioni possibili e tentare di stabilire un contatto. Con cosa non possiamo saperlo... potrebbero esserci forme di vita in uno stato di animazione sospesa, potrebbe esserci un sistema di intelligenza artificiale, potrebbe esserci altro. Capisco che non siate gli elementi più specializzati per una missione di questo tipo, soprattutto tu» disse indicando la ragazza «ma è quello che passa il convento.»

Marzia e Cristiano sembravano non dargli ascolto più di tanto. Osservavano la loro bardatura, gli uomini che tastavano la tuta in cerca di eventuali falle, ma più di tutto quelle grandi vetrate. Ogni volta che il gigantesco Cilindro si illuminava, il loro cuore aveva un sussulto.

Dobbiamo fare presto.

I due si guardarono contemporaneamente. Bastò quello sguardo in quel preciso istante per capire che avevano entrambi sentito, anzi *percepito*, la stessa frase. Un'esortazione che non veniva da fuori ma pareva essersi materializzata nella loro testa come un qualunque altro pensiero.

Stamphord notò le loro espressioni turbate. «Che succede, ragazzi?»

«Eh? Niente!» risposero quasi all'unisono. Nessuno dei due aveva parlato apertamente delle sensazioni che l'enigmatico

Cilindro stava trasmettendo loro... quasi fosse una cosa intima, da non rivelare al mondo esterno.

«Avete paura?»

Entrambi tentennarono un attimo prima di replicare. *Paura? Beh, dovremmo... Stiamo per entrare in un'astronave chilometrica sepolta da milioni di anni, senza sapere con chi o cosa avremo a che fare; potremmo essere i primi esseri umani a venire in contatto con un'entità aliena che non sappiamo se sia ostile o meno... Dovremmo essere terrorizzati.*

Questa era la risposta razionale che chiunque avrebbe dato in quella situazione. Eppure... no, loro non avevano paura. O meglio, il terrore che avrebbero provato in condizioni normali era incredibilmente smorzato, ovattato da una coltre di tepore accogliente. Sentivano l'astronave che apriva le braccia e li invitava al suo capezzale. O almeno, questa era l'impressione.

«Beh, sì. Un po'...» rispose Cristiano, non troppo convinto.

Suo padre era troppo intelligente per non essersi accorto di nulla, ma preferì sorvolare per il momento. «Perfetto. Pensavo di dovervi esortare di più, invece siete più coraggiosi di quanto mi aspettassi. Tanto di guadagnato.»

Detto questo, si avvicinò alla sua scrivania e cliccò un paio di volte. Un rumore cupo si levò dal fondo della stanza: l'ultimo dei finestroni si stava sollevando, rivelando una passerella di metallo collegata col punto più vicino dello scavo.

«Da qui raggiungerete il Varco. Ricordatevi: da quando entrerete le radio non funzioneranno più, non avremo più modo di contattarvi. Sarete completamente soli. Fatevi coraggio. E se avete un Dio, pregatelo: male non farà.»

5
Viaggio nel buio

5.1

La prima parte del ponteggio di metallo era sospesa da terra circa una ventina di metri. All'apparenza sembrava tutt'altro che sicuro: dalla struttura abbastanza dozzinale, si reggeva su pochi tralicci, oscillava lievemente a ogni passo ed emetteva un cigolio sinistro.

«Marzia, giusto? Tutto bene?» chiese l'antropologo, cercando al contempo di tenersi ben saldo all'unica sbarra di sicurezza presente su entrambi i lati.

«Sì, non preoccuparti...» rispose la ragazza, mascherando il senso di lieve vertigine che stava provando. In realtà, in un'altra situazione non ci sarebbe mai salita lì sopra... ma a quanto pareva l'effetto calmante dell'astronave riusciva a smorzare parzialmente anche quella paura.

Arrivarono davanti al Varco dopo circa cinque minuti. Si guardarono intorno, contemplando la magnificenza di quella creazione. Una gigantesca gemma metallica incastonata nella roccia. Si sentivano delle formiche di fronte a un elefante.

«L'avverti anche tu?» esordì Marzia. Era implicito si riferisse alla sensazione di strano benessere.

«Sì...» rispose con naturalezza Cristiano. Del resto, quegli sguardi scambiati nella sala del Generale erano eloquenti. Entrambi, ormai, erano certi che quella misteriosa emanazione provenisse dall'astronave.

«E cosa ne pensi?»

Il figlio di Stamphord sospirò e rimase alcuni secondi in silenzio. «La letteratura sulle abduction e in linea di massima le testimonianze di tutti gli addotti non parlano di questa sensazione... ma d'altro canto nessuno si è mai trovato in diretto contatto con... questa.»

Si avvicinò lentamente al Cilindro e ne accarezzò la superficie. Come sembrava in lontananza, era del tutto liscia, priva di una qualunque protuberanza o apertura con cui interagire come maniglie, portelloni o altro. «Insomma, dovremmo essere terrorizzati, no? Siamo di fronte a qualcosa di difficilmente afferrabile per la nostra mente... tremori, sudori freddi, palpitazioni: hai qualcuno di questi sintomi?»

Marzia scosse la testa, pensierosa.

«Appunto. Pensa se un uomo preistorico si fosse trovato davanti un'automobile. Questa calma indotta potrebbe essere funzionale a comprendere meglio – e ad accettare meglio – quello che ci aspetta all'interno.»

«O potrebbe essere una trappola per attirarci...» replicò la ragazza.

Alla luce di quella frase, entrambi indugiarono un istante. La sensazione di benessere si affievolì per qualche secondo, inquinata dal sospetto. Tutta una macchinazione per fargli oltrepassare il Varco?

«Credo che se avessero voluto farci del male avrebbero potuto farlo tranquillamente» obiettò Cristiano, ritrovata la sicurezza «non abbiamo nulla da temere.»

Detto questo, si avvicinò alla soglia, trasse un bel respiro e avanzò deciso oltre l'apertura circolare. Batté gli stivaloni complementari della tuta un paio di volte su quella superficie apparentemente identica a quella esterna, poi si girò verso Marzia e alzò il pollice con un sorriso a trentadue denti.

La ragazza lo seguì, un po' titubante, dentro il gigantesco Cilindro. Entrambi percorsero con trepidazione quei pochi metri che li separavano dal punto finora inviolato. Soprattutto Cristiano non stava più nella pelle. Anni e anni passati a studiare casi di abduction, fino a scoprirsi un vero addotto lui stesso e a trovarsi di fronte alla possibile soluzione di tutti i misteri.

«Dunque... l'astronave è precipitata centottanta milioni di anni fa, a quanto dicono. Non sappiamo se da questa porta sia mai uscito qualcuno, quindi potrebbe esserci un po' di puzza di chiuso all'interno.»

5.2

Tutti avevano seguito frementi, da dietro i finestroni, la passeggiata di Cristiano e Marzia verso l'astronave e il loro ingresso nel Varco. Stamphord riponeva fiducia nel figlio per scoprire un modo per entrare nel Cilindro; il dottor Alvarez sperava che Marzia sarebbe riuscita in qualche maniera a comunicare con gli occupanti o con il Cilindro stesso, e ad avvertirli delle intenzioni nefaste del Generale. La presenza del figlio non era stata prevista dai Traditori: l'uomo non ne aveva mai fatto menzione con nessuno a parte il dottor Cooper, nemmeno chi si occupava dei bonifici nel corso degli anni aveva mai saputo la verità. Ma una persona intelligente come Jaime Alvarez era consapevole che quella sarebbe stata l'ultima occasione per mettere la parola fine a tutto, e non sarebbe mai partito senza un piano di riserva.

«E se non dovessero più uscire? Eh?» sbottò Robert digrignando i denti. La ferita era stata bendata alla bell'e meglio, ma nonostante la sua soglia del dolore fosse molto alta, la sofferenza era evidente sul suo viso.

«Usciranno» replicò il Generale, braccia dietro la schiena e sguardo fisso sull'astronave.

«Tieni molto a tuo figlio, vero Thomas?» lo incalzò Alvarez «Ti sei fatto vivo solo per usarlo...»

«Silenzio!» tuonò irritato, puntandogli il dito contro «Sei solo un idiota... lui mi deve tutto, da quando era bambino fino a oggi che l'ho reso partecipe dei segreti più importanti nella storia dell'umanità! Gli stessi segreti di cui ho fatto partecipe te, maledetto ingrato, e tutta la tua banda di buffoni.»

«Saresti dovuto rimanere con noi» ridacchiò il dottor Cooper «e invece guardati... il tuo amico Robert ferito, i tuoi compari morti... A quest'ora si saranno occupati anche di Harvey, presumo.» Detto questo, si avvicinò fino a pochi centimetri da Alvarez, lo fissò dritto negli occhi e gli premette l'indice sulla fronte. «Hai perso, mio caro.»
Jaime non abbassò lo sguardo.
Vedremo.
Vedremo...

«Non essendoci alcun pulsante o altro, suppongo che anche questa... porta si apra semplicemente...» disse Cristiano, facendosi più vicino. La parete davanti a loro si ritrasse a partire dal centro, come una membrana. Al di là, il buio totale.
Un istante dopo, i due si sentirono risucchiati verso l'interno da un qualche tipo di forza.
«Cos'è?! Che succede?» urlò Marzia, spaventata. I loro piedi si staccarono dal suolo, come se improvvisamente fosse sparita la gravità.
«Non lo so, non lo so!» replicò l'antropologo. L'effetto calmante sembrava svanito e la paura per il fatto di non avere più il controllo del proprio corpo stava facendo battere il loro cuore a mille. A mo' di astronauti sulla Luna si librarono nell'oscurità lentamente, fino a un atterraggio *di fortuna* su qualcosa di solido.
«Dove siam...»
A Marzia le parole morirono sulle labbra quando una luce tenue illuminò in maniera graduale tutto l'ambiente circostante permettendo loro di avere una visione più chiara di dove si trovassero, ossia una sorta di piattaforma circolare sospesa nel nulla, con il vuoto assoluto per centinaia di metri in ogni

direzione fino a quelle che dovevano essere le pareti esterne del Cilindro, a malapena visibili. Uno spazio enorme, quasi estraniante. Nessuna costruzione umana avrebbe potuto replicare quella sensazione quasi onirica.

La ragazza si alzò in piedi di scatto, guardandosi freneticamente attorno. «Oooh... oh Dio... che...»

Ecco, adesso era arrivata la fase dei sudori freddi e dei tremori.

«Calmiamoci, calmiamoci...» balbettò l'antropologo, cercando di raccapezzarsi. Il Cilindro era conficcato nel terreno con un'inclinazione di circa trenta gradi, eppure in quel momento si trovavano dritti in posizione orizzontale.

«Dev'esserci una sorta di... gravità artificiale qui dentro» continuò Cristiano, fluttuando fino al bordo della piattaforma. Provò a mettere la mano oltre il limite, ma una specie di barriera invisibile lo spinse indietro emettendo una flebile risonanza. «Vedi? Hanno pensato a tutto. Se non altro, abbiamo la certezza che il Cilindro, o i suoi occupanti, non ci vogliono morti.»

Marzia era tornata in sé, anche se il cuore le batteva ancora a ritmo forsennato. A quanto pareva, l'effetto inebriante dell'astronave era diminuito una volta entrati, lasciando spazio a reazioni più *umane.* Tipo battere i denti o farsela addosso.

«Non capisco da dove arrivi la luce» si chiese la ragazza, guardandosi in giro «è uniforme, non sembrano esserci fari o cose simi...»

A un certo punto entrambi sentirono un sussulto.

«Ci stiamo muovendo!» esclamò Cristiano, a metà fra paura ed eccitazione. In maniera fluida e silenziosa, librandosi nell'aria, la piattaforma stava trasportando i due passeggeri verso una grande parete che sezionava il Cilindro a circa un centinaio di metri.

«Cosa credi ci aspetti dall'altra parte?» domandò Marzia, titubante.

«Come posso saperlo, secondo te?» rispose quasi infastidito «Pensa solo che siamo i primi esseri umani, nella storia, a compiere un'impresa del genere. Se anche ci capitasse qualcosa, diventeremmo leggenda.»

«Dubito che qualcuno lo scoprirebbe mai vista la segretezza dell'Installazione Alpha e di tutta questa faccenda.»

La replica di Marzia sgonfiò all'istante l'ex professore e la sua fantasia "lunare" del grande passo per l'umanità.

5.3

Ore 14:05

L'immensa parete circolare si aprì nel centro con la stessa modalità a membrana del precedente ingresso. Il diametro dell'apertura era sufficientemente grande per far passare la piattaforma.

Entrarono in un'altra sala del tutto spoglia, almeno all'apparenza. «Tutto questo spazio mi manda fuori di testa...» commentò Marzia.

«Certo che è molto strano» ribatté Cristiano «non ci sono corridoi, non ci sono macchinari... cioè, manca qualunque forma di possibile interazione tra un essere vivente e la nave. A parte questa piattaforma. Come la comandavano? Come vivevano a bordo?»

Appena finito di parlare quest'ultima iniziò a muoversi lateralmente. «Forse c'è qualcosa» disse la ragazza, aguzzando la vista verso la parete cui si stavano avvicinando. Metro dopo metro cominciò a delinearsi una serie di forme esagonali, una struttura simile a quella di un alveare, larghe circa cinquanta centimetri l'una.

«Cosa sono?»

Con somma sorpresa, scoprirono che tutta la superficie cilindrica ne era tappezzata. Anche dove la tenue illuminazione non permetteva di vedere nitidamente, si poteva intuire la stessa composizione.

La piattaforma si accostò al bordo. L'unica particolarità che avevano quelle cavità era un piccolo cerchio luminoso proprio nel centro. «Sono ovunque, per tutta la circonferenza della nave. Non riesco nemmeno a ipotizzare quante possano essere.»

Rimasero entrambi in silenzio per alcuni secondi. Poi, Marzia toccò una cella nel suo punto centrale.

«Aspet...»

Di fronte a loro comparve un'immagine di un albero, all'apparenza una quercia. Perfetta in ogni dettaglio, ruotava su se stessa lentamente.

I due restarono di stucco. La ragazza provò a sfiorarla, ma la mano la attraversò da parte a parte. «È un ologramma?»

«Così pare...» confermò Cristiano «è bellissima. Diamine, sembra reale...»

Appoggiò la punta delle dita sulla cella a fianco. Sparì la proiezione della quercia e apparve quella di un piccolo uccello, un pettirosso o un esemplare simile. Anche questa, perfetta come una foto in alta definizione. «Questi non sono di sicuro gli ologrammi sgranati che si vedono nei film» constatò sorridendo.

Toccarono un'altra cella. Il pettirosso scomparve, sostituito con loro grossa sorpresa da una strana creatura: pareva un rinoceronte, ma aveva il pelo muschiato e un unico gigantesco corno in mezzo alla fronte.

«Questo che animale è?» chiese la ragazza «Dovrebbe essere preistorico, mi sembra di averlo visto su qualche libro.»

«*Elasmotherium*» rispose l'antropologo con un'espressione meravigliata «un antenato degli attuali rinoceronti. Pensa che il corno era lungo quasi due metri. Si parla di Pliocene, Pleistocene, quindi uno-due milioni di anni fa.»

L'uomo si guardò attorno, contemplando quello spettacolo.

«Siamo all'interno di un'Arca, Marzia.»

Lei lo fissò stranita. «Un'Arca? Intendi l'Arca di Noè?»

«Se è quello che credo il paragone è azzeccato. Queste celle probabilmente contengono i semi e gli embrioni delle specie animali e vegetali del pianeta... anche quelle estinte, vista la presenza dell'Elasmotherium. Il Cilindro è qui da centottanta milioni di anni, quindi dal Giurassico...»

L'ex professore si soffermò un istante a riflettere. «Una gigantesca banca dati della Terra. Resta da capire a quale scopo. Forse in previsione di una prossima estinzione di massa?»

Dopo che ebbe formulato quella domanda, la piattaforma si mosse nuovamente fino a tornare nella posizione precedente, per poi proseguire dritto fino a una seconda gigantesca parete, identica alla prima.

«Come stai? Come ti senti?» gli chiese Marzia, interrompendo il silenzio contemplativo. «Sei sempre calmo?»

«Continuo a sentire quel torpore, come se fossi sotto Valium, e credimi, ne so qualcosa! Però è più altalenante, meno intenso… o forse sono le nostre emozioni ad essere così forti che perfino questa forma di sedazione fatica a trattenerle.»

Di nuovo davanti a una parete. Stesso copione: un buco al centro e la piattaforma che ci passava attraverso. Di fronte a loro si stagliava il medesimo immenso vuoto della parte di astronave precedente, ma stavolta, sospese in questo spazio, come galleggianti, c'erano una marea di capsule dalla forma ovale di dimensioni differenti, alcune molto piccole, altre gigantesche. Dal materiale in esse contenuto, all'apparenza una sostanza liquida, si originava una luminescenza giallo-verdastra.

«Sembrano... lucciole in una notte d'estate» disse un'estasiata Marzia con una inspiegabile vena poetica. E in effetti l'impressione era proprio quella, anche agli occhi dell'antropologo.

«C'è qualcosa...» annunciò Cristiano, interrompendo l'estasi della ragazza «all'interno...»

Appena finita la frase la piattaforma si mosse di alcuni centimetri in direzione della capsula, facendo quasi perdere l'equilibrio all'ex professore.

«Woh!» esclamò aprendo le braccia per evitare una caduta rovinosa. Poi la rapida intuizione. «Credo che possiamo controllarla...» azzardò incredulo a una ancor più incredula Marzia «concentriamoci sul punto che vogliamo raggiungere... quella lì!»

Indicò una delle capsule in apparenza più grandi. La ragazza, non sapendo bene che fare, la osservò a sua volta. Subito dopo la piattaforma si mosse, dirigendosi senza fare rumore verso la zona designata. «Meraviglioso! Stiamo interagendo col Cilindro attraverso il pensiero...»

Davanti a Cristiano, man mano che si avvicinava alla capsula, si delineavano più nettamente i contorni di ciò che aveva visto con poca nitidezza. Immersa nel liquido luminoso c'era una gigantesca tartaruga con delle pinne al posto delle zampe e un guscio di piccole dimensioni. A occhio e croce arrivava a quattro metri di grandezza, e l'involucro ovale che la conteneva era alto quasi il doppio.

«Questa... è un *Archelon hischyros*!» esclamò sbalordito «È una dei progenitori delle odierne tartarughe. Viveva nei mari durante il Cretaceo, l'ultimo periodo dell'era dei dinosauri, e si è estinta con loro sessantacinque milioni di anni fa.»

Marzia la osservò per alcuni secondi. «Ma è... viva?»

«È solo una sensazione, ma credo di sì. Non pensi?»

L'ex professore, non senza timore, appoggiò la mano sulla superficie curva della capsula. Era molto fredda ed estremamente liscia: nonostante ciò, la luce che filtrava dalle sue dita aveva un che di ammaliante, trasmetteva calore.

«Che cos'è questo... contenitore?»

«Non riesco a capire di che materiale sia fatto, né cosa sia il liquido all'interno. Sempre che sia un liquido...» continuò l'antropologo, accarezzando l'involucro «ma devo presumere che sia una struttura di conservazione. Una sorta di macchinario per il sonno criogenico, anche se non vedo nessun tipo di meccanismo.»

«Il sonno criogenico? L'ibernazione, giusto? Quando si congela un corpo per poter fare un viaggio molto lungo nello spazio?»

«Sì, più o meno» confermò Cristiano sorridendo «il succo è quello.»

«Allora, chiunque sia stato a metterla lì dentro si è preoccupato anche di darle compagnia...» aggiunse Marzia, osservando altre capsule di dimensioni simili «mi sembra che ce ne siano altre... là, guarda!»

Entrambi si avvicinarono a un altro bozzolo ed effettivamente constatarono che conteneva un'altra tartaruga gigantesca, come quella adiacente e un filare che si estendeva a perdita d'occhio.

«Eccezionale...»

Poi, lo sguardo dell'uomo cadde su una capsula molto più piccola. Si fecero più vicini. Quella piattaforma comandata dal pensiero era uno dei tanti aspetti stupefacenti di cui la loro mente era ormai satura.

«Sai cos'è questo, Marzia?» disse l'antropologo indicandolo. Lei si sporse leggermente a esaminare una sorta di grosso gallinaccio: aveva il corpo ricoperto di penne, delle ali striminzite evidentemente inadatte al volo e un becco simile a quello di un pellicano. «È un dronte, detto amichevolmente *dodo*. Si è estinto nel 1600 circa. Almeno, al di fuori di questa struttura. Quindi qui abbiamo anche creature adulte, oltre a semplici embrioni. Credo proprio che la mia ipotesi dell'Arca fosse azzeccata.»

Si rese conto di quanto fosse paradossale fare constatazioni e ipotesi in tranquillità, anziché essere già morto di paura per le vertigini, ma la sua mente non pensava allo strapiombo; o alla piattaforma, che era sì circondata da una barriera ma chissà, sarebbe potuta sparire da un momento all'altro; da cui sarebbe potuto cadere; o a quei movimenti per centinaia di metri nel vuoto. Era intento esclusivamente a contemplare la meraviglia di quell'esperienza preclusa a qualunque altro essere umano.

«Ma come saranno arrivati qui? E da quanto tempo...» chiese una Marzia tanto smarrita quanto meravigliata.

Cristiano continuava a guardarsi attorno, assuefatto all'aria di rilassatezza che lo avvolgeva. «Andiamo laggiù!» esclamò, indicando delle capsule sulla sinistra. Contenevano quelli che sembravano essere...

«Ma questi sono ominidi! Australopitechi?» azzardò la ragazza, voltandosi verso l'antropologo per trovare conferma.

Lui si avvicinò e poggiò la mano sulla fredda superficie. «Dovrebbero essere *homo habilis*. E guarda lì, c'è perfino un gruppo di *Neanderthal*...»

La giovane li osservò a lungo. «Gli unici che non vedo sono gli esseri umani. Intendo la nostra specie, *homo sapiens*.»

«Beh, eccoci qui in carne e ossa. Che vuoi di più?»

Marzia non seppe interpretare il tono di quell'affermazione. Forse l'uomo si era già immaginato immerso in quel liquido giallastro?

Lasciatisi le capsule alle spalle, davanti a loro intravidero una sorta di sfera nerastra, di qualche decina di metri di diametro. Fluttuava anch'essa nel vuoto ed era piuttosto inquietante. Più di tutto il resto, ovvio.

La piattaforma continuava a muoversi lentamente nella sua direzione.

«Cosa ci sarà lì dentro?» chiese Marzia, ben sapendo che il suo compagno d'avventura non avrebbe saputo risolvere il suo quesito.

«Non lo so, forse le risposte che cerchiamo.»

Entrati all'interno della sfera, si ritrovarono in un ambiente completamente buio.

«Non mi piace» commentò la ragazza, respirando con affanno.

«Delle torce, in effetti, ci sarebbero tornate utili in questa situazione» considerò Cristiano, tentando di nascondere la tensione che montava anche in lui nonostante l'influsso dell'astronave.

Percepirono la piattaforma scendere fino a fondersi con una superficie pianeggiante. «Che succede? È una specie di pavimento?»

Tastarono con le scarpe la diversa consistenza e fecero qualche passo intorno. «Parrebbe di sì.»

All'improvviso l'ambiente si illuminò e i due rimasero a bocca aperta: alberi, prati, il cielo azzurro, il cinguettio degli uccelli...

«Ma che cazzo...» esclamò l'antropologo. L'ambientazione surreale toglieva anche ogni riferimento spaziale, perdendosi all'orizzonte. A pochi metri da loro, d'un tratto comparvero due sagome umane. Entrambi sussultarono per un secondo, spaventati da quello che si mostrava loro.

«Che... che cosa?»

Le due persone erano... Marzia e Cristiano. Riproduzioni olografiche, intuirono subito, ma era pur sempre disturbante ritrovarsi due *doppelgänger* apparentemente in carne e ossa senza essere davanti a uno specchio.

«Benvenuti, vi stavamo aspettando» dissero con voce atona, in perfetta sincronia labiale «potete privarvi delle tute antiradiazioni e dei respiratori, la composizione dell'aria è identica all'ambiente esterno.»

Marzia e Cristiano si guardarono. Con una certa ritrosia, l'antropologo si tolse la maschera, prendendo una boccata d'ossigeno a pieni polmoni. Poi si voltò verso la ragazza e fece un cenno d'assenso col capo, cosicché anche lei lo imitò.

«Un'atmosfera adatta a noi... perché tutto questo?» chiese Marzia, mentre si liberava del resto della tuta.

«In base ai dati comunicati dai vostri microimpianti, abbiamo pensato fosse una soluzione ottimale per farvi sentire il più possibile a vostro agio. Nonostante l'effetto calmante indotto dalle nostre onde, ciò che diremo potrebbe comunque spaventarvi.»

I due esploratori diedero una rapida occhiata tutt'attorno. A onor del vero, una natura tranquilla, unita all'effetto di calma artificiale (ora ne avevano conferma definitiva), sembrava avere un effetto molto positivo sulla loro psiche.

«Usate il plurale... chi siete? O cosa siete?» esordì Cristiano, pronto ad assorbire le conoscenze come una spugna. Il fine ultimo della sua vita si stava per realizzare.

«Siamo i *frammenti dell'insieme*, siamo tutti e uno: i componenti che avete chiamato microimpianti, cioè i frammenti di rilevazione impiantati nei vostri cervelli; quelli che avete denominato Artefatti di San Michele, ossia i frammenti di mutazione radioattiva della Xiniolite; gli UFO, o Ovni, o Uap, ossia i frammenti di trasporto. Fa tutto parte di noi, al di là della loro ubicazione nello spaziotempo.»

In quel cielo azzurro artificiale apparvero, fra gli esploratori in carne e ossa e le loro controparti olografiche, gli oggetti che avevano menzionato. Un microimpianto ingrandito, un Artefatto di San Michele, un oggetto nero discoidale (uguale a quello visto molti anni prima dal professor Messina). Ruotavano a trecentosessanta gradi come le immagini delle creature nelle capsule.

«La materia di cui siamo composti può unirsi e dividersi, creare legami chimici e disfarli in ogni momento. Per fare una similitudine, siamo come *cellule staminali* di un unico organismo.»

Quella spiegazione criptica lasciò interdetta Marzia, ma ci pensò l'antropologo a incalzarli con le domande.

«Ecco perché parlate al plurale, allora siete un'unica entità...» disse, quasi parlando tra sé. Poi sorrise. «Avevo ragione io.»

«Cosa? In che cosa avevi ragione?» sbottò la ragazza, anche lei ansiosa di avere risposte più chiare.

«Che non c'è nessun alieno che guida astronavi: i cosiddetti UFO non hanno equipaggio. E anche questo Cilindro ne è la riprova: nessun elemento di comando, nessuna strumentazione, solo un gigantesco contenitore. Gli oggetti non identificati avvistati sono sempre stati dei semplici frammenti di questa astronave, così come i microimpianti nei nostri cervelli. E venivano tutti da qui, non dallo spazio. Ne ho sempre predicato l'origine terrestre, in un certo senso» si gonfiò il petto, soddisfatto «anche se, ovviamente, questa struttura terrestre non è...»

«Ma allora chi sta parlando, chi sta interagendo con noi?» insistette Marzia «Cioè, non c'è nulla di vivo qui?»

«Nulla di ciò che il vostro cervello considera e cataloga come vita.»

Cristiano era visibilmente entusiasta, anche se faticava a mettere assieme tutti i pezzi e per ogni risposta che si figurava in testa, per ogni teoria che sembrava trovare conferma, scaturivano altre domande. «Ma siete stati... creati, giusto? O costruiti, o una cosa equivalente... e perché? Qual è il vostro scopo?»

«Sì, siamo stati *creati*. Come vi abbiamo spiegato non sareste in grado di comprendere nei dettagli la nostra natura, men che meno quella dei nostri creatori. Possiamo dirvi, però, che in tutto l'universo sono relativamente pochi i pianeti capaci di far nascere in maniera spontanea la vita, qualunque sia la sua molecola base.»

«Quindi, in modo indiretto mi state dicendo che esistono altre forme di vita basate su altre molecole...» dedusse lui trasognante «fantastico!»

«Il nostro scopo è preservare la vita e diffonderla. Esistono molti altri come noi, in viaggio nello spazio, alla ricerca di questi pianeti *fertili*. Noi conosciamo la Terra» dissero gli ologrammi, sempre in perfetta sincronia «da 185 milioni, 330 mila e 712 dei vostri anni. Da allora abbiamo raccolto e immagazzinato campioni di tutti gli esseri viventi. Abbiamo prelevato sia gameti, che saranno poi fecondati artificialmente, sia esemplari adulti, in modo da rendere la ripopolazione di altri mondi equilibrata.»

«Ripopolazione?»

«Come abbiamo detto, ci sono pianeti in grado di dare alla luce forme di vita in autonomia, ma anche altri capaci di ospitarne alcune tipologie, seppur non autoctone.»

«Quindi, se ho capito bene, siete una sorta di... impollinatori dello spazio?» riassunse Marzia in maniera molto grezza «Vagate per i pianeti a spargere la vita. Ma avete fatto lo stesso sulla Terra?»

«No. La vita sulla Terra è nata spontaneamente, noi non siamo intervenuti in nessun modo. Abbiamo semplicemente osservato l'evoluzione, catalogato le specie e raccolto dei campioni, dal nostro arrivo a oggi.»

«A tal proposito, abbiamo visto numerosi rappresentanti della specie homo» si inserì l'antropologo «ma nessuno della nostra...»

Le due proiezioni rimasero in silenzio per alcuni secondi. «Ci sono, purtroppo, dei pianeti in cui la vita a un certo punto giunge al termine. Non parliamo di estinzioni di massa, fenomeni fisiologici, bensì della sparizione completa di ogni singola forma vivente, dalla più complessa alla più semplice. Questo accade quando compare quella che chiamiamo *specie Omega*.»

Cristiano e Marzia si guardarono per un attimo. Bastò quello a far loro intuire cosa veniva dopo.

«E quindi... non ditemi che...» balbettò l'uomo, colto da improvvise palpitazioni.

«Sì. La specie Omega, per quanto riguarda il pianeta Terra, siete voi.»

5.4

Ore 14:35

Il Generale Stamphord rimaneva immobile a fissare il Cilindro da dietro il vetro.

«Le pulsazioni luminose sono aumentate» ragionò tra sé «ora saranno una ogni venti secondi.» Poi sbirciò l'orologio. «Hanno ancora più di un'ora di ossigeno. Chissà che starà succedendo là dentro...»

Jaime Alvarez, senza parlare, teneva il conto dei minuti e si concentrava su ciò che sarebbe accaduto se Marzia non fosse uscita in tempo. Il Generale era un uomo intelligente, che prendeva ogni volta tutte le precauzioni del caso, ma questa volta aveva commesso una leggerezza: la scelta di non far perquisire a fondo i prigionieri gli aveva precluso la possibilità di trovare il piccolo detonatore che il dottor Alvarez nascondeva in un inserto interno del maglione... non poteva nemmeno immaginare che, prima di rientrare dall'ultima missione, il compianto Harvey avesse piazzato una serie di cariche tra le cupole geodetiche abbandonate del centro di rilevazione M220, proprio sopra l'Installazione Alpha, in un punto dove le telecamere non arrivavano. E di conseguenza, non poteva lontanamente prevedere il piano di riserva di Alvarez: far detonare le bombe e seppellire l'Installazione, con tutto il suo contenuto di mezzi, macchinari, uomini e naturalmente con il Cilindro, sotto migliaia di tonnellate di terra e ghiaccio. Piuttosto che far cadere una tecnologia del genere in mano a individui come Stamphord, era meglio che il gigantesco artefatto alieno, con tutti i suoi segreti, rimanesse per sempre nell'oblio. Tutti quelli del team ne erano a conoscenza, tranne Marzia: il pensiero che anche il suo Enrico sarebbe stato sacrificato avrebbe potuto farla vacillare nel suo incarico, e se nessuno di loro fosse entrato all'interno del Cilindro allora non ci sarebbe stata alcuna speranza.

«Quindi, fatemi capire bene: siete qui da milioni di anni, raccogliendo forme di vita per poi trasportarle, quando in pericolo, verso altri pianeti che siano in grado di ospitarle. E noi umani saremmo, in sostanza, il *pericolo*? Coloro che addirittura causeranno l'estinzione di tutte le forme viventi?» disse Cristiano, aggrottando un sopracciglio «E in che modo? Vi riferite forse ai cambiamenti climatici?»

«No.»

Quella risposta categorica fece rimanere di stucco i due ospiti del Cilindro. Poi, improvvisamente, il prato e gli alberi e tutto ciò che li circondava da ogni lato svanirono e alle spalle delle loro controparti apparvero delle immagini di strani macchinari, dei simil robot in apparenza.

«Come abbiamo già detto, noi non interagiamo mai con lo sviluppo della vita sul pianeta: dobbiamo semplicemente proteggerla, metterla al riparo e farla proliferare in un altro luogo laddove non sussistano più le condizioni adatte. Parti di noi si sono sparse per la Terra per raccogliere ogni tipo di dati. Da quello che ci risulta, sono in lavorazione, in un'azienda degli Stati Uniti, la V-System, i progetti preliminari per quella che sarà la serie BioV, ossia dei droni alimentati a biomasse.»

«Droni a biomasse?» ripeté uno sbalordito Cristiano.

Marzia si girò verso di lui. «Cosa significa esattamente?»

«Che utilizzano materia organica come fonte di energia» dissero all'unisono i due ologrammi «in maniera equivalente all'alimentazione di un essere vivente. In questo modo non avrebbero più bisogno di un approvvigionamento energetico da parte umana, un salto di qualità per l'industria militare. Secondo i nostri calcoli, nel giro di quattro anni e mezzo saranno commercializzati i primi modelli. Tra circa undici anni, invece, sarà implementata in essi la prima forma di intelligenza artificiale autocosciente. La singolarità di apprendimento farà sì che le macchine sfuggano al controllo umano nell'arco di tre giorni e che, da lì in poi, inizino a moltiplicarsi fagocitando ogni forma di vita organica, compresi gli esseri umani che vi si opporranno.»

Marzia e Cristiano rimasero a bocca aperta. Non si aspettavano di certo uno sviluppo del genere.

«Entro tre mesi oltre il cinquanta percento degli esseri umani sarà spazzato via. Entro quattro mesi l'intelligenza artificiale oltrepasserà la *singolarità tecnologica* e avrà costruito dei vettori in grado di compiere viaggi FTL.»

«*Faster Than Light*? Quindi supereranno la velocità della luce?»

«Sì, tramite motori capaci di generare micro-buchi neri e sfruttandone la gravità per curvare lo spaziotempo, raggiungendo quindi distanze impensabili per la vostra tecnologia attuale. Nel momento in cui ogni singola molecola organica di questo pianeta sarà estinta, cioè dopo circa sei mesi, le macchine partiranno alla volta di altri corpi celesti. Alla stregua di un virus questa forma di esistenza si diffonderà laddove c'è vita, fagocitandola per sopravvivere ed evolversi. Il suo potere crescerà a ritmi per voi non comprensibili e diventerà una minaccia per l'intero universo.»

I due guardavano quegli strani droni girare su se stessi, come le immagini degli animali i cui embrioni erano contenuti nelle celle.

«Tale evento non potrà e non dovrà accadere. Dovremo quindi fare un'eccezione e intervenire direttamente per eliminare la specie Omega di questo pianeta.»

«Cioè... volete uccidere gli esseri umani?» tagliò corto Marzia «Ma non potete farlo! E se le vostre proiezioni fossero sbagliate?»

«Questo scenario è determinato da calcoli la cui complessità non potrebbe essere eguagliata da nessun macchinario di vostra progettazione. L'accuratezza è del 98,11 percento.»

«E quindi che senso ha avuto tutto questo? Non potevate sterminarci tutti e basta?»

«Così come per tutte le altre forme di vita della Terra, abbiamo analizzato i vostri genomi e scelto quelli che meglio avrebbero risposto alle caratteristiche richieste per proliferare nei pianeti individuati; abbiamo deciso, poi, di sottoporre l'homo sapiens a dei test per cercare di stabilire se il suo paradigma comportamentale potesse portarlo a configurarsi specie Omega anche su un altro mondo. Grazie ai microimpianti abbiamo sondato le risposte a precisi stimoli, come ad esempio la disattivazione della Xiniolite attraverso gli Artefatti di San Michele. Tutto in modo inconscio.»

Dietro di loro comparvero le immagini olografiche di un Artefatto di San Michele e di una persona che vi interagiva.

«Cioè, mi pare di capire, non erano azioni guidate?»

«Assolutamente no. A tutti è stata lasciata la massima libertà di rispondere o meno agli stimoli, senza appunto farsi suggestionare o spaventare data la qualità inconscia della reazione. Coloro i quali hanno saputo reagire adeguatamente sono stati reputati degni e saranno dunque imbarcati.»

«Quindi anche noi che abbiamo il microimpianto?»

«Esatto. Siete fra i prescelti. Avete la possibilità di salvarvi e partire assieme a noi verso la destinazione ritenuta più idonea.»

«Ossia?» chiese Marzia «Quale sarebbe?»

«Dalle nostre analisi ci sono diversi pianeti, al momento, in grado di ospitare una combinazione ottimale tra homo sapiens sapiens e altre specie.»

Tutto intorno a loro lo spazio si oscurò per poi essere tappezzato da migliaia di puntini luminosi... stelle. Le immagini iniziarono a scorrere, dando l'impressione ai due di essere davvero in movimento nello spazio, finché non si avvicinarono a una galassia dalla forma conosciuta.

«Questa è... Andromeda?» tirò a indovinare l'antropologo, meravigliato. Il loro viaggio terminò di fronte a un pianeta grigio-bluastro.

«Il corpo celeste che voi avete individuato come PA-99-N2 b. Si trova a 2.144.000 anni luce dalla Terra. È uno dei possibili candidati.»

Cristiano prese un lungo respiro. «Io... io verrò con voi.»

La frase dello studioso fece restare di sasso la ragazza. «Ma come...»

«Qui non c'è nulla per me, Marzia» constatò in tono sereno «lo scopo della mia vita era la conoscenza, volevo sapere cosa fossero gli UFO, se ci fosse qualche civiltà, o ci fosse stata nel passato. Ora che so tutto questo e ho davanti a me la possibilità di un sapere sconfinato, non voglio rinunciarci.»

Lei rimase in silenzio per alcuni istanti, titubante. «Enrico? Potrà venire con me?» chiese, intuendo già la risposta.

«No, non è stato reputato sufficientemente adattabile» replicarono secchi i due ologrammi.

«Allora resterò qui» ribatté senza riuscire a nascondere un tremolio nella voce.

«Marzia...» balbettò l'antropologo «ti capisco, ma questa è la più grande opportunità della tua vita. E poi, cosa farai? Enrico è tenuto prigioniero dagli uomini di Stamphord, come pensi di...»

«Non lo so! Non lo so, cazzo!» urlò, stavolta visibilmente adirata e confusa «Perché doveva succedere a me?!»

«Una situazione analoga si è presentata altre due volte» dissero gli ologrammi «e come nelle due volte precedenti è nostro compito chiedere: vuoi puntare sulla percentuale di errore di calcolo?»

La ragazza rimase in silenzio per un paio di secondi. «Che cosa intendete?»

«La distruzione di un'intera specie, per quanto specie Omega, è sempre qualcosa di nefasto. D'altro canto, noi non possiamo intervenire direttamente per influenzare gli eventi, possiamo solo agire in maniera preventiva. Ma per degli appartenenti alla stessa specie esiste la facoltà di deviare il corso degli eventi verso uno scenario non catastrofico.»

«Volete dire che... potremmo fare qualcosa per evitare tutto questo?»

«C'è la volontà da parte tua?»

«Assolutamente sì!» rispose Marzia col piglio da guerriera. L'espressione sul suo viso era cambiata radicalmente.

«Il tuo microimpianto sarà l'unica parte di noi che resterà sul pianeta. Alla nostra partenza libererà nel tuo cervello i dati necessari per impedire il processo di creazione del primo drone a biomassa. Ricordati: hai tre anni e quattro mesi. Alla scadenza, se non avrai avuto successo, torneremo sulla Terra e saremo costretti a portare a termine il nostro proposito.»

«Ho recepito il messaggio.»

«Bene. Ora rimane da fare solo l'ultima cosa.»

Ore 14:59

All'interno della Culla, il Generale guardava nervosamente l'orologio. Il tempo stava passando inesorabile. Non era così che sperava sarebbe andata: avrebbe voluto essere lui ad attraversare il Varco per primo, aveva sognato per anni quel momento.

Il dottor Alvarez fissava il Cilindro che si illuminava a cadenze sempre più ravvicinate, ormai una volta ogni dieci secondi. A un certo punto notò delle ombre nere in aria che sembravano avvicinarsi.

«Ma cosa...»

Tutti i presenti nella stanza si accostarono alle vetrate per osservare con attenzione e sgomento. Davanti a loro si trovava uno stuolo di oggetti a forma discoidale. Degli UFO. Erano dello stesso colore del Cilindro e levitavano a pochissimi metri dai vetri che separavano la sala dallo scavo.

Fai detonare l'ordigno!

Alvarez sentì una voce nella sua testa. Dopo un istante di sorpresa, la riconobbe come quella di Marzia.

Muoviti!

Avrebbe voluto parlarle, risponderle, ma non poteva. Non perse ulteriore tempo a chiedersi come potesse sapere della bomba, o come riuscisse a comunicare con lui direttamente nella mente, o quale fosse il suo piano. Tirò fuori il detonatore e guardò Stamphord.

Nel momento in cui lui girò la testa e lo stupore si disegnò sul suo volto, misto al terrore, Jaime Alvarez sorrise e premette il pulsante.

Epilogo

Alvarez aprì gli occhi di scatto e si accorse di trovarsi a terra. Si alzò di soprassalto e rimase di stucco. Accanto a lui c'erano Robert ed Enrico, apparentemente svenuti. «Ti sei ripreso» disse una voce alle sue spalle. Era Marzia. Gli porse una tazza di caffè. L'uomo, un po' stordito, diede una rapida occhiata intorno e riconobbe subito la sede del Gaganvihari.

«Com'è possibile? Cos'è successo, Marzia?»

Il dottore notò che gli occhi della ragazza avevano un'espressione completamente diversa.

«Dei frammenti del Cilindro ci hanno portati in salvo. Poi si sono riuniti alla struttura principale, assieme a quelli sparsi sul pianeta, e sono decollati. L'Installazione Alpha presumo sia crollata, se le vostre cariche hanno fatto il loro lavoro.»

Lo scienziato si alzò in piedi, massaggiandosi la tempia, mentre Enrico iniziava a mugugnare. «Quanto tempo è passato?»

«Un paio di giorni» rispose lei, abbassandosi a controllare il suo fidanzato «sonno indotto artificialmente. Dovete preparavi a quello che sto per dirvi.»

Alvarez sgranò gli occhi. «In che senso?»

«Abbiamo un compito da portare a termine» sentenziò in tono solenne Marzia «e abbiamo tre anni e quattro mesi di tempo. Tre anni e quattro mesi per salvare la nostra specie.»

Ringraziamenti

Il ciclo del Progetto Abduction è dunque terminato, dopo un tempo superiore a quanto preventivato per via di una serie di circostanze quantomai tediose. Ringrazio tutti quelli che mi sono stati vicino in questo periodo travagliato e che mi hanno incoraggiato a mettere la parola FINE. Che poi tanto fine non è… visto che l'uomo rischia di estinguersi tra pochi anni, sarà il caso di seguire le avventure di Marzia e supportarla nel suo tentativo di salvarci!

Contatti

-Facebook-
AuthorRiccardoPietrani

-Instagram-
riccardo.money.pietrani

-Email-
Riccardo.pietrani@gmail.com

-Mailing List-
Iscriviti alla mia mailing list per restare sempre aggiornato
su nuove uscite e promozioni!

ALTRE OPERE DELL'AUTORE:

-La Zona Extramondo

Stato della Chiesa, 1561
Un capitano di vascello e la sua ciurma, di ritorno da un viaggio nelle Americhe, si sacrificano alle torture dell'Inquisizione pur di tenere nascosto il diario di bordo della spedizione e i suoi sconvolgenti segreti.

USA, dicembre 2012
Kayn Grimm, ex professore di genetica, riceve una telefonata da una misteriosa donna che sostiene di avere informazioni sulla morte del padre, avvenuta molti anni prima in circostanze anomale.

Germania, dicembre 2012
Le vicende di un killer russo, Viktor Zagaev, e del detective sulle sue tracce, Matthias Wichmann, si intrecciano con quelle di una oscura organizzazione alla ricerca di un luogo leggendario che svelerebbe il potenziale nascosto nel DNA umano e il destino dell'intero universo.

-Il Cavaliere Nero

14 giugno 2021
Una tempesta solare di forte intensità mette fuori uso quasi tutti i satelliti. Subito dopo, si diffondono segnalazioni di oggetti non identificati in cielo da varie parti del mondo.

16 giugno 2021
Il 10% circa della popolazione del pianeta viene colpita da una febbre altissima. La febbre dura poche ore e non lascia strascichi. La sua origine è ignota.

18 giugno 2021
Un secondo e imprevisto flare solare colpisce la Terra con una violenza devastante, distruggendo tutte le apparecchiature elettroniche.
È l'inizio della fine.